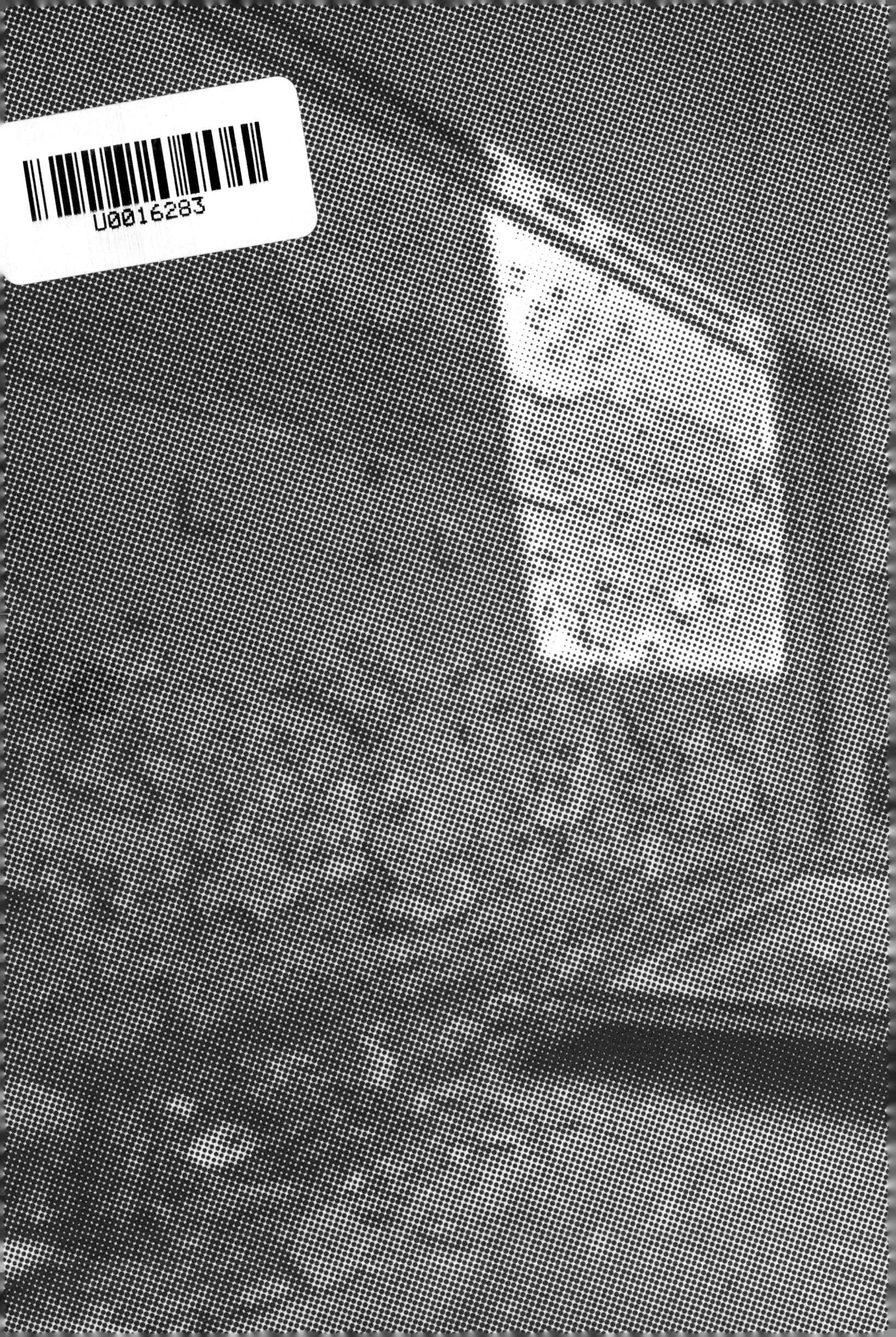

遺跡訪錄

路邊攤 著

目錄
CONTENTS

序章　八十年前的惡夢，追上來了

就是這個時候了吧？

以前就聽過這種說法……當有年紀的貓或狗知道自己將要死去的時候，會離開家裡，找個沒有人的地方躲起來慢慢地死去，不讓別人發現牠們的屍體，不讓主人因爲牠們的離開而難過。

聽說人類也是一樣的。

死期將至的時候，人類自己也會知道，只是這個時候多半已經處於無法動彈、長期臥病在床的狀態了。

要是現在身體還可以動的話，我也想躲起來，我知道我的時候到了，但我不想在這裡死去，不想在這麼多人的注視之下死去……

老人想把這些話一鼓作氣地全說出來，但他虛弱的肺部讓他光是維持呼吸就是一件大工程，說話對他來說，已經是這輩子再也做不到的奢求了。

老人不甘心地沉默著，圍在床邊的家人們也都一言不發保持安靜，在安寧病房裡，彷彿沉默才是最好的語言。

別這樣，不要都不說話，至少讓我再多聽一下你們的聲音。

兒子的聲音、女兒的聲音、孫子跟孫女的聲音，我想再多聽一些。

老人用盡全力轉動眼珠，那是現在他全身上下唯一可以動的器官。

眼角餘光處，老人看到護士正在跟自己的大兒子說話，但耳朵卻聽不到他們的聲音。不只如此，老人發現其他家人的嘴巴也都有在動，有的彼此交談，有的像是在哭，但這些聲音全都傳不進他的耳朵。老人恍然大悟，原來不是大家不說話，而是他聽不到。

原來在死亡將至的時候，人的感官是會像這樣被慢慢奪走的嗎……以前怎麼沒學到這個呢？

不不，沒學到才是理所當然的吧，因為知道這一點的人早就都死了，不是嗎？

老人轉動著僅剩的視覺。在閉上眼睛長眠之前，至少要把家人們的面孔牢牢記住，一起帶到另一個世界。畢竟這些家人是他一百零八歲的生命中，唯一美好的記憶。

只有家人，只有家人他一定要記住。因為除了家人以外，生命中的其他回憶對他來說都是惡夢。他寧可將那些惡夢封印在腦部，讓那些醜惡的回憶跟著屍體一起腐壞，也不想在死亡之際想起。

「阿公是不是在看我們？」

原本以為已經失去聽覺的老人，在此刻聽到了彷如天使傳來的聲音。那是老人最疼愛的一位孫女所發出的聲音。剛滿二十歲的孫女站在老人視線的正前方，那是離老人最近的位置。如果說現在還有最後一點力量在支撐著生命的話，他總算知道該如何使用這最後一道力量了。

老人試著把右手從床上抬起來，雖然只抬高了一公分不到的高度，但孫女還是注意到了。孫女走到床邊，想牽起老人的手。一幕詭異的畫面在這時突然侵襲老人的視覺。

孫女原本站著的位置，還有好幾個人站在那裡。彷彿他們從剛剛就一直躲在孫女身後等待著這一刻，爲的就是讓老人看到他們。他們並不是老人的家人，但老人卻認得他們每一個人。

老人身上所有血液像是在這一瞬間突然逆流到眼睛，導致兩顆眼球異常地用力凸起，眼前的視線也逐漸模糊。

最後烙印在他眼裡，準備跟他一起前往另一個世界的並不是家人的身影，而是好幾個穿著洋式西裝跟日式和服，已經在他惡夢中出現過無數次的人形輪廓。

孫女在此刻握住老人的手，但老人的最後一點力氣終於耗盡，他的手無力地滑落，垂掛在床邊，無法再仰頭看孫女一眼。

孫女跟其他家人大聲呼喊老人，但老人這次是眞的聽不到任何聲音了。

八十年前的惡夢，終於追上來了。

老人沉重的眼皮無助地垂下，僅剩的感官終於也被死神剝奪。

他知道，時候眞的到了。

第一章 一張塵封的老照片

遠在兩個路口之外，浩偉就可以聽到綱豪那輛廂型車宛如巨獸低吼般的引擎聲了。引擎聲越來越近，浩偉感覺腳下的地面也跟著在震動，不知道的人可能會以為開來的是一部戰車，事實上那只是經過拼裝的日式廂型車。

好不容易終於看到廂型車的車頭從路口處轉過來，浩偉馬上從人行道跳到路邊，對著廂型車猛揮手，因為這一區的公寓大樓外觀蓋得完全一模一樣，綱豪總是記不清楚浩偉的家是哪一棟。

廂型車在浩偉面前發出淒厲的剎車聲，聲音之刺耳讓人懷疑司機到底能不能成功把車停下來。值得慶幸的是，綱豪的車舊歸舊，但在他的駕駛技術之下，這輛車還沒有出過半點意外……至少目前為止是這樣。

浩偉一坐上車後，第一件事就是跟綱豪抱怨：「豪哥，你不是說車子上禮拜才保養過嗎？怎麼聲音聽起來還是跟隨時會爆炸一樣啊？」

「就是因為保養過才會有這種聲音呀，引擎聲越震撼，代表車況越好啊！」綱豪踩下離合器，右手一個帥氣地打檔，廂型車開始前進。

負責開車的綱豪穿著一件白色汗衫，配上看來凶悍的短平頭跟滿臉剛硬的鬍渣，給人的感覺就像是那種會隨時停在路上買檳榔的卡車司機，不過依浩偉這幾年對綱豪的了解，綱豪不但不吃檳榔，菸酒這類東西更是完全不碰，是跟外表反差相當大的居家好男人。綱豪唯一的缺點就是他的拼裝廂型車，每次上車總讓浩偉坐得心驚膽跳，其實浩偉自己也有一輛車，但每次出動時要載上所有人員跟全部的器材，就只有綱豪這輛車才辦得到了。

車子繼續前進，坐在後座的浩偉愼重地繫上安全帶，並反覆拉了好幾次，以確認安全帶不會輕易斷裂。

後座除了浩偉之外還有一位年輕女子，女子將雙手盤在胸前，低著頭看似正在休息，直到浩偉上車，她才微微抬起頭，用眼神跟浩偉打了招呼。

「嗨，沛柔。」浩偉打招呼的同時也轉頭看向廂型車的後面，因爲只要一看到沛柔，就會讓人聯想到她的專屬工具。

果然，一部加滿油的割草機已經在後面整裝待發了，浩偉把頭轉回正面，對沛柔說：「這次要去的地方雜草範圍蠻大的，再麻煩妳啦！」

「沒關係啦，」沛柔對浩偉露出微笑，說：「割草對我來說不是勞動，而是運動，我還怕那邊的草不夠我割呢！」

割草不是勞動，而是運動，這是沛柔常常掛在嘴邊的一句話，浩偉也從她口中聽過好幾次了。

沛柔的歲數跟浩偉相近，都是二十七、八的年齡，標緻的瓜子臉跟大眼睛讓沛柔可以稱得上是一位美女，但一般男生卻對她敬而遠之，因爲她總習慣穿著無袖的背心，並刻意凸顯出經過鍛鍊的雙臂肌肉，視覺上的反差讓人第一眼覺得相當震撼。要說現在車上最強壯的人是誰，那一定是沛柔，浩偉跟其他男生只有站旁邊的分。

這時候，坐在副駕駛座上，戴著眼鏡的年輕男子轉過頭來問浩偉：「老大，我們的粉絲專頁昨天不是有一個想參加維護活動的留言？你回覆了嗎？」

「喔，我處理好了！」浩偉說。廂型車這時剛好開過一個坑洞，車上四個人的身體都突然往上彈了一下。

在這次的顛簸中，綱豪看起來是最不受到影響的一個，他若無其事繼續開著車問：「終於有新人要加入我們啦？是男的還是女的？」

「我先看過留言者的個人頁面了，是個蠻有氣質的正妹，好像跟我一樣是大學生。」戴眼鏡的年輕男子把因爲震動而走位的眼鏡重新戴好，在車上的四人之中，不管是外表、聲音或談吐，男子所展現出來的特徵都是四人之中最稚氣的。

男子繼續問浩偉：「她沒有要坐我們的車一起去嗎？不用去載她嗎？」

「不用了，她說她家也在台中，所以會直接過去。」

「蛤……」

男子發出失望的聲音，像是因爲無法跟那位氣質正妹同車而感到可惜，他的反應也招來綱豪的一番吐槽：「思航你是在哀怨什麼啦？才幾歲而已就在想那些，先把我們的粉絲專頁經營好再說啦！」

「我有在經營啊……」思航低落地說。

「社群網站那種東西我不是很會用啦，但我還是看得懂阿拉伯數字跟那個大拇指按讚的圖案，我們這幾天又掉讚了對不對？」綱豪繼續追擊。

「豪哥，那不是我的錯啦！有些人就沒興趣了我哪有辦法。」思航回嘴道：「現在網路環境變這麼多，你知道很多年輕人都跑去用其他社群軟體了嗎？」

綱豪跟思航兩個人在前座你來我往開始鬥嘴，這一老一少相互爭吵的畫面其實蠻常見的，浩偉也看習慣了。

置身戰局之外的沛柔完全不想插嘴他們兩人的戰爭，而是跟浩偉另開話題：「已經好久沒有女生加入我們了，你有問她參加的原因嗎？」

「還沒，等一下我會再慢慢跟她聊。」浩偉的眼神凝視著介於綱豪跟思航中間的位置，從那裡的擋風玻璃可以看到開往前方的道路越來越窄，代表他們將前往的地方相當偏僻。「我們每個人會坐在這輛車上，都有自己的理由，我相信她一定也有的。」浩偉說。

這輛車上，乘載著由浩偉、綱豪、思航跟沛柔這四個人所組成的團隊，他們並沒有響亮的隊名，每次出動也沒有酬勞可以拿，就現實面來說的話，他們所做的是一份完全無酬，而且吃力不討好的志工服務。儘管如此，他們還是靠著熱情，讓這個團隊經營了三年之久，中間雖然有許多隊員來來去去，但固定班底始終有他們四個人。

這個團隊的正式名稱是「遺跡維護志工團」，聽起來一點也不吸引人，所以浩偉特地把粉絲專頁取了另一個比較有詩意的名字，叫「遺跡之下」。

遺跡，又稱遺址，指的是以前人們生活所留下來的建築物或公共設施。在台灣這塊特殊的土地，被保留下來的遺跡多是日據時期的建築物，雖然正確數字難以統計，但保守估計至少還有一千棟以上的日式建物仍挺立在這塊土地上。

有些建築很幸運地被商人購下，經營成人氣鼎盛的觀光景點，也有的被政府認定為古蹟，受到妥善的維護並持續使用至今。但不是每棟遺留下來的日式建築都這麼幸運，有的建築物因為產權複雜而無人管理，有的建築物就算被政府認定為古蹟或歷史建築，卻因為所有權人及地方政府的不重視而任其荒廢。

由浩偉帶頭組成的「遺跡維護志工團」所負責的工作，就是利用假日自發性地尋訪這些遺跡，打掃裡面的環境並維護建物，不讓這些具有文化價值的遺跡因為後人的不重視而變成垃圾場或危樓。在慢慢做出名聲之後，浩偉也經常接到地方政府的委託，請志工團到沒有人力可以管理的歷史建築或國定古蹟中進行環境整理。

這份工作沒有薪水，也不會受到政府的表揚，媒體更對這種新聞沒有興趣，但浩偉一行人仍樂此不疲，他們每個人會想繼續留在志工團裡服務，都有各自的理由。

對身為廢墟迷的浩偉來說，遺跡跟舊建築就是他的第二生命，他的廢墟探險生涯從十八歲開始一直到現在，在廢墟圈算是小有名氣的人物。而在廢墟迷的圈子裡，最無法忍受的事情就是看到廢墟遭受人為的惡意破壞。

「不過就是廢墟而已，就算被破壞也無妨吧？」一般人可能會這麼說，但在廢墟迷的眼中，廢墟可不只是被人遺棄的建築物這麼簡單。對他們來說，一座保存良好的廢墟，當中所包含的文化價值可是比羅浮宮還要珍貴，只要親身探索過廢墟的人，就能夠理解這份浪漫。

明明國內還有這麼多寶貴的舊建築存在，卻因爲政府的不作爲而導致這些建築變成民眾偷丟垃圾的垃圾場、痞子噴漆的塗鴉牆、被ＢＢ彈穿透的生存遊戲場地……浩偉正是因爲無法忍受這一點，才組成志工團的。

除了浩偉之外，志工團中年齡最小的成員思航也是一位廢墟迷，當浩偉第一次在廢墟裡遇見思航的時候，他正拿著相機拍攝吞噬牆壁的藤蔓。

思航是個專門穿梭在廢墟裡的攝影師，不喜歡拍人，只喜歡拍富有頹廢美感的建築物。志工團成立以後，浩偉邀請思航擔任粉絲團的管理員，並負責以相機記錄志工團的每次活動，上傳到粉絲專頁，讓更多人知道他們在做的事。

再來是年紀最大的大叔成員，綱豪。浩偉記得綱豪第一次來志工團的時候，自我介紹時是這麼說的：「我不懂廢墟是有什麼美感跟好欣賞的啦！我只是來這裡交朋友，看有什麼好玩的而已啦！」

嘴巴上是這麼說，但綱豪卻從此變成了志工團的固定班底，主要工作就是開著他的廂型車，載團員們到全國各地的遺跡進行維護作業。

浩偉認爲綱豪之所以會留下來，最主要的原因出在思航身上，這兩個年紀差了一輪的男人可說是一見如故，常常像眞正的兄弟那樣鬥嘴玩鬧。浩偉對綱豪的私生活並不了解，但可以感覺得出來，綱豪的朋友並不多，或許志工團對綱豪來說就像是一個簡單卻溫暖的小家庭吧！

最後是唯一的女性成員沛柔，沛柔在團隊中是一個很特殊的存在，浩偉一直猜不到她加入志工團的眞正原因，每次問她爲什麼會想加入志工團，沛柔總是回答：「我覺得留在這裡還蠻好玩的，到處逛逛遺跡也是不錯的休閒活動。」

想當然這絕對不是正確答案，雖然這樣猜測有點離譜，但浩偉總覺得沛柔是因爲想盡情地割草才加入志工團的，因爲每次她總是帶著自備的割草機，一到達遺跡就把所有裝備都穿上，像開無雙那樣在雜草堆裡大殺四方，一根雜草也不放過。

四個人各有特色，彼此相輔相成也把志工團經營得不錯，雖然偶爾有新隊員加入，但這份工作既疲累又沒有任何回報，多數人頂多來個兩次就不來了，只有浩偉四個人繼續保持熱忱，坐著廂型車，穿梭於每個遺跡之中。

╳　卍　╳

廂型車一路開到台中的郊區，在鄉間小路歷經九彎十八拐後，終於抵達這次要維護的遺跡。那是一棟在日據時期非常流行的巴洛克風格洋樓，藏身於小巷內，一般人從路上很難發現它的存在，但只要一靠近正門，便會被它的宏偉所震懾。

洋樓的構造為三合院建築，正廳建築有兩層樓，左右護龍則只有一層，各建築正面皆以連續的圓拱形狀環繞，並搭配中國傳統的紅磚牆，把中西合璧的技術發揮到極致。儘管整棟洋樓此刻已經被雜草包圍，磚牆上的斑駁裂痕跟掉色也相當明顯，但仍可以從磚牆跟拱門柱上的彩飾雕刻感覺到當年這戶人家的氣派。

這棟遺跡在國內也是十分知名的景點，對剛入門的廢墟迷來說，這裡算是基本的探險點之一，偶爾也會有新人來這裡拍攝婚紗照，不過今天的訪客看來只有浩偉一行人，巷子內只停著綱豪的一輛廂型車，那位留言說要一起來的女生似乎還沒到。

下車後，綱豪跟思航忙著卸下工具，沛柔開始穿起割草用的護具跟面罩，並一邊把割草機揹到背上，浩偉則是走到洋樓的正門口處，盯著貼在門柱上的一張公告。公告上有幾行字讓浩偉感覺特別諷刺，上面是這麼寫的：「本建築物屬法定『古蹟』，如有破壞，將依據『文化資產保存法』罰則依法究辦。」

明明已經被政府認定為國定古蹟，只要好好經營管理，這裡還是有機會可以脫胎換骨的，怎麼就是沒有官員想這麼做呢？那些官員的做法就像在說：「我把這裡認定為古蹟就已經很仁慈了，不要要求太多啦！」浩偉心裡一邊這麼想著，一邊嘆氣。

「老大，我們準備好了喔！」思航的呼喊聲從背後傳來。

浩偉應了一聲，準備回過身去拿自己的工具時，眼角卻看見有一個人影從洋樓的正廳門口處慢慢走出。浩偉嚇了一跳，不過他也很快把情緒調整回來，雖然沒有心理準備，但在遺跡中突然遇到探險者或遊民本來就是常見的事情，沒必要因此嚇到。

從正廳走出的人影很快在浩偉的眼前變得清晰，浩偉認出，就是在粉絲專頁上留言的那名女孩。

女孩戴著一副小巧的圓框眼鏡，跟文靜的白皙小臉非常搭配，或許因爲知道今天需要勞動的關係，她穿著相當樸素的牛仔褲跟短袖上衣，長髮也紮成馬尾綁在後面，但就算這樣還是遮蔽不了她出眾的外表，特別是修長的身材跟手臂，都讓浩偉聯想到在女校儀隊中負責指揮的隊長。

浩偉的視線緊緊盯著女孩無法移開，女孩則是筆直地朝浩偉前進，距離來到一公尺左右才停下腳步，兩人的眼神相對，女孩先眨了一下眼睛，問道：「請問你們是遺跡之下嗎？抱歉現在才出來，因爲我比較早到，所以就先進去看看了。」

女孩的聲音讓浩偉回過神來，他急忙回應：「噢，沒關係，我們也才剛到而已，我在巷子裡沒看到別的車，以爲妳還沒來……」

「我把車停在巷子外面，我怕我先停進來的話，你們就沒地方可以停車了。」女孩對浩偉禮貌地微笑，接著把頭斜向右側，看向浩偉背後的廂型車以及另外三個人，問道：

「他們全都是遺跡之下的夥伴嗎？」

「啊，妳叫君涵對吧？」浩偉想起女孩在社群網站上的帳號名稱，說：「在今天的工作開始之前，我先把妳介紹給其他人認識吧！」

浩偉領著君涵回到廂型車旁邊，介紹給其他人認識，不過也僅止於姓名而已，其他資訊浩偉打算等等一起工作的時候再慢慢問清楚。

介紹時，思航從頭到尾都是一臉呆然，感覺就是對君涵完全著迷了，沛柔則是戴著割草防護面罩，看不到表情，只有綱豪不改四海皆兄弟的本性，豪爽地對君涵說：「我綱豪啦！叫我阿豪或豪哥都可以，我跟妳說喔，以後不用這麼辛苦自己過來啦，我會開我這台戰車去每個地方接大家，因爲我們都是台中人，距離完全不是問題，而且坐我這台車也比較安全……」

怕綱豪說下去沒完沒了，浩偉打斷綱豪的話，把工作分配下去。

沛柔的工作一樣是割草，綱豪跟思航負責巡視建物哪些地方需要維護跟保養，沒人知道綱豪以前到底做過哪些工作，但除蟲、水電、補土、油漆等等工作全都難不倒他，這些工具在他車上也一應俱全，而思航就是他的最佳小幫手。

浩偉則帶著君涵從撿垃圾開始做起，這聽起來既簡單又不需要技術，但卻是維護作業中最需要耐心跟細心的工作，因爲遺跡裡的垃圾總是多到讓人難以想像，特別是菸蒂，在撿拾的過程中總是會讓人忍不住咒罵所有抽菸的人，感覺只要是人可以踩得到的地面，菸蒂就無所不在。

不過可能是洋樓外的古蹟公告發揮了作用，這裡菸蒂的數量不多，但還是有許多被丟棄的飲料瓶罐，撿這些垃圾的過程就輕鬆多了，讓浩偉可以空出心思來跟君涵聊天，一邊用輕鬆的步調在正廳側邊撿拾垃圾，一邊跟君涵聊著參加志工團的原因。

透過簡單的談話，浩偉知道君涵就讀於大學的建築與景觀學系，一開始是在網路偶然發現遺跡之下的粉絲專頁，但一點進去後她的視線就移不開了，多虧思航把粉絲專頁的影音區弄得有聲有色，成了君涵加入的最大誘因，讓就讀建築系的她也想跟著志工團隊到全國各地尋訪遺跡，見識更多建築。跟浩偉等人相比，君涵來當志工的理由要正常多了。

說完自己的部分後，君涵問浩偉：「那你呢？怎麼會想成立這個志工團呢？」

「啊，我的領域跟妳有點不一樣……」浩偉苦笑，並如實說出自己對廢墟的熱愛，以及不忍看到遺跡受到破壞的理念。說完之後，浩偉補了一句：「像妳這樣讀本科的人，應該會覺得我們廢墟迷都在亂搞一通吧？」

浩偉本來以為君涵會覺得廢墟迷就是一群沒事找事做、到處亂闖空屋的無聊人士，但沒想到君涵卻給了意外的回答：「不會呀，廢墟對建築學來說也是很重要的一環。」

「喔？」浩偉第一次聽到這種觀點，豎起了耳朵仔細聆聽。

君涵繼續說著：「廢墟可是做到了許多優秀建築師都無法做到的事情喔，它讓人造物與自然融為一體，創造出一種全新型態的建築。我聽一個教授說過，廢墟的空置時間夠久的話，內部就會產生一個屬於自己的生態系統。」

浩偉邊聽邊點頭，有時候去到一些年代相當久遠的廢墟時，確實可以看到樹根、藤蔓都已經跟牆壁融爲一體，群居的小動物跟昆蟲更把裡面打造成了一個遊樂園，沒有天敵，也沒有人類會去打擾。

「總之這麼說吧，廢墟所保留的研究價值，可能比許多現有的完整建築更有意義，甚至有一組國外的建築師團隊在台北成立了一個廢墟建築學院，就是要研究廢墟是怎麼跟大自然融合的。」君涵像在講台上報告般有條有理地說著。

浩偉在這時忍不住說了一句：「……羅浮宮。」

「什麼？」君涵停下報告的節奏。

「妳說的是自然生態，不過在人文藝術的部分，我們廢墟迷都覺得……一棟保存良好的廢墟，裡面的文化價值比羅浮宮還要貴重。」

「我好像也聽過這樣的說法，」君涵像是在肯定浩偉這種族群的存在，大力點頭說道：「反正呢，廢墟在建築學裡面也是一種專業的藝術，或許在這個領域，你懂得比我還要多呢！」

「也沒懂多少啦！只是一些旁門左道而已。」

浩偉不好意思地笑了笑，不管君涵的加入未來會給團隊帶來什麼，在第一印象上，浩偉已經對君涵產生了好感。

兩人打算針對廢墟跟建築學的話題繼續聊下去時，思航大喊的聲音突然打斷了兩人的相處時光。

「老大！你在哪？」

一聽到這聲音，浩偉馬上反應過來，大叫著：「我在這！」然後一邊往思航的位置移動，君涵也提著垃圾袋跟在思航身後。

從正廳側邊走出來後，浩偉看到思航站在左護龍的門口前方，臉色不是很好看的樣子。

「怎麼了？」

「我們發現一個管理員……已經去世了。」思航低著頭，悶悶地說。

「啊，」浩偉不自覺地吐出一口氣：「沛柔呢？」

「豪哥已經去叫她了，等一下就會過來。」

「……那我們先進去吧。」浩偉彎下腰把撿垃圾的工具放到旁邊，並叫君涵也跟著這樣做。

聽到思航剛剛講的話，君涵的手早就握不住垃圾袋跟夾子了。

「他……他剛剛說什麼？是……是發現了那、那個嗎？」君涵的聲音因爲驚嚇而開始結巴，因爲此刻在她腦中浮現的，都是之前有人在廢墟發現屍體的社會新聞。

浩偉大概猜到君涵想說什麼，便回答：「嗯，是管理員的遺體。」

「可……可……可是這裡不是沒有管理員的嗎？」

君涵這樣一問，浩偉才發現誤會大了。

「不是眞的管理員啦！這也是我們廢墟迷之間的術語。」

「嗄？」

「我們口中的管理員，指的是把廢墟當成家的流浪動物，流浪貓跟流浪狗都算在其中，如果有人說被管理員包圍了，就是指他被圍著要東西吃，要是有人說要去賄賂管理員，意思就是要拿罐頭給牠們吃。」

「喔、喔。」君涵知道了意思以後，心情並沒有比較平穩。就算去世的是貓貓狗狗，那也是一條生命。

浩偉跟沛柔走進左護龍裡的房間，果然看到一隻黑白花色的流浪貓窩在角落。牠將身體捲曲成球狀，眼睛緊閉，嘴巴微微張開露出半截舌頭，看起來就像是睡著了而已。

如果眞的只是睡著，那就太好了，君涵這麼希望著，但思航還是說出了殘酷的事實：「豪哥確認過了，已經走了。」

這時綱豪跟沛柔也來到房間，君涵看著到場的每一個人，無法理解爲什麼發現流浪貓的遺體之後，要把全部的人都叫過來？

浩偉解釋道：「發現管理員的遺體之後，我們會一起爲牠哀悼，這也算是廢墟迷的一種潛規則，因爲牠們比我們還要早來到這裡，算是我們的前輩。」

與其說是規定，不如說是迷信吧，浩偉也不知道該如何解釋清楚。

「那我們要幫忙安置牠嗎？例如埋起來之類的？」

「沒有必要，」這次回答的是沛柔，她面無表情地說：「遇到人爲惡意丟棄或殺害的屍體，我們才要處理，但像這樣自然死亡的動物，我們不會隨意去移動。」

思航接過話題，繼續往下說：「妳應該知道不管是貓或是狗，牠們在即將死去的時候都會躲起來不想讓主人找到吧……有人說牠們是不希望讓主人傷心，但眞實的原因並不是這樣。」

「通常到了那個時候，牠們都知道自己的身體很虛弱，不能再受到任何傷害，所以才會去找一個安全、不受到任何威脅、隱密的地方躲起來……」接著說的是綱豪，明明外型最粗獷的他，現在講起話來竟然帶著快哭出來的鼻音。

浩偉幫其他三個人做出總結，說道：「所以這裡對牠來說，是一個最令牠安心，也感到安全的地方……就讓牠在這裡長眠，不要去打擾牠了。」

「這也是廢墟迷的潛規則嗎？」君涵問。

四人一起點了點頭。

君涵突然感覺腦袋像是流過一陣電流，或許是因爲她今天所接受到的文化衝擊實在太大了。

「我知道了，告訴我該怎麼做吧。」君涵說。

「很簡單，我們先圍在一起，然後……」

在浩偉的指導下，君涵配合其他人一起圍在遺體旁邊，然後跟大家一起閉上了眼睛。

在閉上眼睛哀悼這短短十秒的時間內，君涵心裡只有一個念頭：

如果是這群人的話，或許可以找到那棟房子……

× 卍 ×

洋樓遺跡的維護工作在下午五點畫下句點，但浩偉一行人今天的行程還沒有結束。

遺跡之下有一個傳統，每次出動之後，他們都會到附近的景點享受當地美食，當作是慰勞自己的聚餐，因爲沒有公款可以用，所以大家都是各付各的。不過今天不一樣，爲了慶祝君涵加入，浩偉決定自掏腰包請大家吃飯，綱豪開心地選了一間離洋樓不遠的快炒店，一群人興沖沖地開車出發。

點餐的工作全權交給綱豪跟思航負責，這兩個人也沒在客氣的，一口氣點了好幾盤高單價的海鮮現炒，沛柔則是點了幾罐啤酒，在以往的聚餐中，沛柔都是唯一會喝酒的人。

身處遺跡時，現場總有一股奇妙的氣氛把每個人之間的互動拘束著，就像有個聲音在心裡不斷提醒：「這裡是遺跡，心態要保持虔敬，不可以太吵鬧。」但一到了快炒店，氣氛就完全不同了，綱豪整個人完全放開，對君涵問了一大堆問題。妳讀哪間大學？幾年級？第一次參加我們的活動有什麼心得？有沒有男朋友？要不要跟思航認識一下啊？

面對這些只有怪物親戚才會問的問題，君涵能答的就盡量答，回答不出來的就笑笑帶過，交給浩偉去打圓場。思航則是顧著低頭吃東西，完全不敢看君涵一眼，內向男孩子不敢看漂亮女生的特性在他身上完全展露無遺。

「好了，綱豪，你就讓人家好好吃個東西嘛！」

趁浩偉暫時把自己拉出戰場，君涵想跟沛柔另開話題，轉移焦點。「沛柔姐，我剛剛在洋樓那邊有看到妳割草，眞的很厲害，就算政府聘請專業的割草工來處理，可能都沒辦法割得像妳那麼乾淨。」

沛柔拎著啤酒罐回答：「還好啦！我只是在發洩工作上的壓力。」

君涵又問：「沛柔姐平常的工作是什麼啊？」

沛柔沒有回答，只是灌下一口酒，然後對君涵神秘地笑了一下。

這一笑讓餐桌上突然出現空檔，綱豪又有機會繼續對君涵提問，眼看綱豪又要開口，君涵覺得，這時再不說出自己加入遺跡之下的眞正目的，恐怕今晚連作夢都會聽到綱豪的聲音。

「那個，我有問題想請教一下大家。」君涵說，這句話果然及時讓綱豪閉上了嘴巴。

君涵從包包裡拿出一張照片，像賭神在電影中秀出底牌那樣，緩緩地放到桌子中間。

「請問你們看過照片中這棟建築物嗎？」

餐桌上的其他四人同時伸長了脖子，想看清楚那張照片的內容。

整張照片的色彩由斑駁的黃色所構成，看得出來塵封已久，浩偉用手指輕輕捏了一下照片一角，手中傳來的觸感有如蟬翼般薄脆，再用力一點可能就會破碎。

照片裡有一棟兩層樓的木造建築，山坡般的斜屋頂及一格一格方正的木製門窗都有很明顯的日式風格，看得出來這是一張拍攝於日據時期的舊照片。房子的正門上方掛著一個匾額，但照片的畫質與經歷的時間讓人難以辨識上面斑駁的字。

除此之外，還有一個人站在門口跟房子一起合照，雖然可以看到那個人身上穿著日據時期常見的西裝，但卻看不清楚他的臉，只能隱約看出是一名年輕男子。

「我對這棟建築沒有印象，」浩偉抬起頭，問：「這是現在還保存著的遺跡嗎？」

君涵搖著頭說：「我不確定這棟建築有沒有被保存下來，因爲我還沒有找到它。」

「妳找這棟房子要幹嘛？」這次發問的是沛柔，這是她第一次對君涵表現出好奇的態度。

「因爲這個人……」君涵用手指按在照片中的那名年輕男子身上，說：「這是我阿公，日據時期曾經到日本讀大學，學醫，後面的那棟房子，就是他八十年前開的醫院。」

終於要說出實話了。

君涵忍不住呑下一口唾液，繼續說：「那個，其實啊，我阿公的這間醫院，才是我想加入你們的眞正原因……」

真實存在的遺跡：

台中洋樓

聚奎居，座落於台中市烏日區，位於成功嶺旁，由當地陳姓家族建於一九二〇年，知名詩人陳若時也曾在此居住，目前為國家三級古蹟。

因為多年來無人管理而導致建築結構惡化，對遊客安全造成風險，台中市政府曾多次封閉聚奎居進行整修工程，最新一次的工程預計於二〇二〇年中完工。

第二章　被遺忘的歷史

抱歉打擾了，我知道這樣做不符合規定，但我正在尋找一棟日據時期的醫院遺跡，如果你看過這棟建築物請告訴我，我可以用其他的廢墟點來交換情報。

浩偉輸入以上的文字訊息，並附上君涵所提供，那張拍攝於日據時期的醫院照片，一起發送出去。

但不管是在廢墟社團中認識的其他廢墟迷，或是涉足到遺跡維護後才認識的同好，都沒有人看過照片中的建築物。

沒有看過喔。

感覺非常久了，會不會已經被拆掉啦？

國內的日據時期廢墟我幾乎都跑過了，要是連我都沒看過，就代表已經不存在了吧！

同好們傳回類似的訊息，沒有好消息。浩偉坐在電腦前把頭往後仰，並把雙手枕在腦勺後面，有點無奈地看著螢幕上收到的訊息。

浩偉心裡很清楚，每個人回覆的內容不一定都是實話，因爲隱密的廢墟地點對廢墟迷來說就是藏在手中的底牌，除非萬不得已，不然絕對不會讓其他人看到。

廢墟迷尋找廢墟的方法有很多種，最土法煉鋼的就是上網搜尋，或是從同好發布的照片推敲蛛絲馬跡、猜測地點，厲害一點的廢墟迷還會用一張又一張的衛星地圖跟街景照來找出看起來像廢墟的建築物，然後親自過去探查。

而向其他人詢問，是這個圈子公認最沒禮貌也最偷懶的方法了，身爲廢墟迷就應該靠自己的力量去找地點，這是廢墟迷之間共通的信念。所以就算這些人當中有人沒說實話，浩偉也不怪他們，要知道有許多保存良好的廢墟或遺跡，都是在地點曝露之後才遭到破壞的。也就是說，君涵阿公開的那間醫院，仍然有被保存下來的可能。

又一條回覆的訊息傳來，答案一樣是沒有看過，浩偉乾脆把網頁關掉，閉上眼睛回想著君涵那天晚上在快炒店所說的話。

「我阿公是一九一二年出生的，他從日本回來台灣蓋這間醫院的時候才二十八歲，當時他用的是日本名字，叫小林麟一郎。」君涵把手放在照片上面，一邊說著。

聽到一九一二這麼久遠的年代，綱豪跟思航都「哇」了一聲，綱豪更是直接地問：

「那他現在還在嗎？」

「阿公在去年過世了，是在安寧病房離開的，那個時候我們全家都陪在他旁邊。」君涵帶著悲傷的表情繼續說：「這張照片是我從阿公的遺物裡整理出來的，他很少跟我們說那段時間的事情，我們連他的醫院是在哪個縣市都不知道……只知道戰爭爆發的時候被徵召去做軍醫，戰爭結束之後他就放棄行醫，把醫院關掉改做其他生意，醫院後來也不知道怎麼樣了。」

「阿嬤也不知道嗎？」浩偉問。

「阿公是在後來才認識阿嬤的，所以阿嬤也只知道阿公以前當過醫生、開過醫院，其他事情阿公沒講過，我爸爸跟其他叔叔也只知道這些。」一提到阿嬤，君涵的眼眶突然開始微微泛紅，看來她的阿嬤也不在人世了，兩位長輩離世的情緒一次湧上心頭，讓君涵難以招架。

「來，這邊。」沛柔抽了張衛生紙給君涵，一邊幫她把飲料倒滿。

大家都靜靜地等著君涵，讓她喝果汁喘口氣，平復情緒再開口。

「我跟阿公其實沒有講過太多話，因爲他只會講日文跟很奇怪的台語，我說的國語他聽不太懂，可是他一直很疼我們，每年的紅包、禮物，他都是送最多的，也常常把我叫去床邊，什麼都不說，只是調皮地笑著用手比出圓形的形狀，然後偷塞零錢給我，儘管他沒說，但我知道他是叫我用這些錢去買喜歡的糖果。」像是想起了當年那些糖果的味道，君涵的臉上慢慢有了笑容，「我不懂爲什麼阿公不想提起以前當醫生的事，在那個年代可以當醫生，還可以在戰爭的時候救人，我覺得是很偉大的事情啊！」

「所以你是爲了知道更多阿公的過去，才想要找到他的醫院嗎？」浩偉問。

「這算是其中一個原因，另外我現在讀的科系也有教我們繪圖跟做模型，我想親眼看一下阿公醫院的構造，再把醫院做成模型放在家裡，讓它代表阿公留在家裡，不然……我怕等我嫁出去之後，阿公會慢慢被家裡的人遺忘。」

君涵說到最後一個字的時候，雙眼剛好跟浩偉對上，她的意念跟對阿公的懷念透過那一瞬間的眼神交會，啪一聲如閃雷般擊中浩偉。

浩偉猛然張開眼睛，整個人的意識回到電腦桌前。

君涵的用意是好的，浩偉跟其他人也很樂意幫她，但現在看來，這任務是難上加難，因爲在所有的公開資訊中，都找不到這棟醫院的資料。只有兩種可能，一個是那棟醫院已經被拆除並改做其他用途，另一個則是它還藏在某個地方，只是尚未被探險者發現……

× 卍 ×

一如往常，綱豪的廂型車剛從轉角轉過來，浩偉就跳到馬路上對著駕駛座揮手。

廂型車發出淒厲的剎車聲，在浩偉面前吃力地停下，感覺綱豪這次的停車比之前幾次還要不穩，有種引擎被穿甲彈擊中，隨時都會爆炸的不穩定感。

不過綱豪的車會這樣也是情有可原，因爲這次他車上載的可比之前多上不少東西呢！

浩偉拉開車門，看到思航、沛柔跟君涵都已經在車上了。思航跟沛柔都坐在老位置上，君涵則是整個人縮在沛柔的旁邊，一副等著雲霄飛車開啓，既害怕又期待的模樣。

浩偉跳上車，關上車門後，扭過頭朝廂型車後面的空間看了一眼，只見後面除了原本就有的維護工具之外，還多了其他人的行李，其中還有一個出國專用的大行李箱，從行李箱那飽受時間摧殘的色澤跟刮痕來看，應該是綱豪的沒錯。把自己的行李袋丟到那個大行李箱旁邊後，浩偉把頭轉回來，向君涵問：「第一次跟我們出動就是三天兩夜的行程，妳一定很緊張吧？」

「啊，不會，剛好趁這三天連假到山區走一走也好。」君涵的臉上擠出笑容，眼神卻不自然地瞄向旁邊的沛柔。

浩偉大概懂了，看來讓君涵緊張的並不是這次的行程，而是沛柔在一旁幾乎就要頂碰到君涵的雙臂肌肉，君涵大概沒有想到，沛柔的肌肉近距離感受起來竟然這麼驚人吧！

遺跡之下這次的行程是三天兩夜台東之旅，剛好趁著國定三天連假的機會到台東。台東有一個特色，那就是日本人在日據時期建造了爲數可觀的神社，據非官方的統計數字，目前遺留在台東的神社數量還有四十座之多。不過二戰結束之後，多數神社都逃不了被拆除的命運，大多只剩下石基座還留著，甚至連鳥居都沒保留下來。

這些神社對當地居民來說都是非常重要的記憶與歷史，所以他們在最近幾年開始向地方政府請願，希望能派人維護並重建這些神社，振興當地觀光，而政府文化處也在今年開始有了動作。

要重建的話，就必須先勘查神社的遺跡，確定有其歷史價值之後，才會編列預算來修復重建，不然這些神社充其量只是被埋在雜草堆裡的幾塊大石頭而已。但神社遺跡多數位於山中，被陡斜的山坡、高過頭部的雜草，以及像迷宮一樣的樹叢層層阻擋，光是要找到上去的路就是一件難事。

這個時候，遺跡之下就派上用場了。

文化處這次準備先勘查其中一間神社，浩偉團隊的任務就是先幫他們清出一條通往神社的山路，說穿了就是免錢的工人。雖然沒有薪水，但當地居民提供了溫泉飯店的兩天免費住宿給浩偉團隊作爲補償，一聽到能免費住溫泉飯店，遺跡之下的每個成員都無異議地接受這次的委託。

只不過浩偉現在最擔心的問題，是綱豪的這輛廂型車眞的能撐到台東嗎？不過現在擔心這個也來不及了，既然已經上了賊船，那就只好做一名偉大的海盜了。

廂型車開上高速公路後，浩偉跟君涵提起他這禮拜打聽的結果：「我已經問過廢墟圈裡的每個朋友，相關社團裡的人也問過了，都沒人看過妳阿公的醫院……不過這不代表沒有希望，妳阿公的醫院可能還存在，只是一直沒人發現。」

「沒關係啦，謝謝你這麼努力幫我問。」或許是因爲浩偉的回答已經在預料中了，君涵沒有表現出失望的樣子，她笑著回應：「我相信阿公的醫院一定還在的，也許哪天就會像這次一樣，由政府通知我們去維護呢！」

「我會再找人繼續問下去，一定會有結果的，建築這種東西，只要它曾經存在過，就一定會在某人的腦海裡留下印象，我只是還沒找到那些人而已。」

君涵樂觀的笑容讓浩偉有了自信，原本還擔心要是找不到阿公的醫院的話，君涵就會離開遺跡之下，不過從君涵樂觀的反應來看，浩偉覺得自己太多慮了。

×　卍　×

開往台東的路程相當遙遠，儘管綱豪的廂型車在早上不到七點就出發，還是花了六個小時的路程才到達台東，抵達飯店所在的村落已經是下午一點多的事情了。

這是一座位於山腳下的純樸村落，由簡單的民宅跟商店所組成，但因爲位於溫泉區，所以有好幾間溫泉度假飯店林立於此。

歷經舟車勞頓後，今天要再工作是不可能的了，眾人提著行李下車所想的第一件事情就是先好好休息，特別是綱豪，這還是浩偉第一次看到綱豪這麼疲憊的模樣。

房間的分配共有兩間，沛柔跟君涵住一間雙人房，其他男生則一起住一間三人房。綱豪到房間以後直接躺到床上進入熟睡狀態，鼾聲如雷，讓浩偉跟思航只想摀住耳朵從房間離開。思航從行李裡拿出相機，說要到村子附近逛一下，拍些照片。浩偉則是要到村子裡找這次行動的聯絡人。

「大家都累了，下午先自由活動，各自休息，晚餐時間見。」把訊息傳給沛柔跟君涵以後，浩偉便在飯店門口跟思航分開行動。

浩偉跟聯絡人約在村子裡的活動中心見面，聯絡人文祥是一位挺著啤酒肚，和藹可親的原住民大叔，他領著浩偉到活動中心的會客室，並用手指著窗外的那片山景，說：「一祝神社就在半山腰處，雖然那裡有一條登山步道，不過要到達神社必須脫離步道，從一條碎石路繼續往上走才找得到，我們這裡的人也有一段時間沒上去過了。」

「那間神社叫一祝神社是嗎？」浩偉問，這是他第一次聽到那間神社的名字。

「對啊，一二三的一，祝福的祝，因爲刻在石基座上面的字就只剩這兩個字能辨認得出來，所以我們都這樣稱呼。」文祥說著，同時伸手從口袋裡拿出一張紙攤在桌上，那是當地的導覽地圖。

「一祝神社在衛星地圖上是沒有標示的，我指給你看在哪裡吧，喏。」文祥把手指壓在地圖上的某一點，說：「這邊，神社位置在這裡，然後那條碎石路的入口是在這邊，你最好先把這個地點存起來，明天上去時才不會迷路。」

浩偉拿出手機在衛星地圖的相對位置上做了標籤，同時也注意到登山步道的入口就在飯店旁邊，只要步行就可以到了。

反覆確認地點沒有標錯後，浩偉問：「上去還有什麼要注意的嗎？我在晚餐之前想先上去勘查一下，這樣明天可以節省不少時間。」

「喔，這麼有行動力，不錯喔！」文祥摸了摸肚子，這好像是他思考時的習慣動作，只見他微微皺起眉頭好像在煩惱什麼：「附近要注意的事情喔……那邊的路很難走，你們一定要小心，還有蛇也蠻多的，記得帶根棒子上去打草驚蛇。」

突然，文祥像是終於想起了眞正重要的事情，大力拍了一下肚子說：「對了！一祝神社附近還有一間無名的小神社，那邊就不需要清理了，請你們直接當作沒看到就好，如果可以把它當作不存在的話就更好啦！之後文化處的長官來了，也不用跟他們提到那間無名神社的事情，麻煩你們啦！」

「咦？爲什麼？」浩偉不懂這麼做的用意。

「那間無名神社沒什麼價值啦，什麼東西都沒有，我們村裡的人現在也都不會去那裡，跟它比的話，一祝神社保留下來的東西比較完整，我們村子想把主力放在一祝神社就好了。」文祥解釋道。

浩偉認爲文祥說的不完全是實話，畢竟他們會找遺跡之下過來，不就是爲了要把這些舊神社打造成文化景點嗎？那間小神社雖然沒有名字，但也有一定的歷史價值，爲何要當它不存在呢？儘管心存疑惑，但浩偉認爲沒有繼續問下去的必要，清理一祝神社才是他們目前的主要工作，沒必要額外增加團隊的工作量。

離開活動中心之前，浩偉向文祥問道：「在出發勘查之前，有個問題想請教一下，請問這邊有沒有經歷過日據時期的長輩呢？」

「有啊，還蠻多的，而且身體都還很硬朗喔！」

「那能請你幫個忙嗎？」浩偉從提包裡拿出在家裡準備好的，印有君涵阿公醫院照片的Ａ４紙，交給文祥說：「這兩天能麻煩你拿這張照片給那些長輩看一下嗎？這是一間日據時期的醫院，我們團隊正在尋找這間醫院的位置，那些長輩如果對照片有印象的話，再請跟我說。」

文祥接過紙張，打量著那張照片說：「醫院啊……是在台東的嗎？」

「不確定是在哪個縣市，所以再請你幫我們問一下了。」

文祥把紙張收起來，說他會再找時間去拜訪那些長輩，浩偉向文祥致謝後，離開了活動中心。

回到飯店後，浩偉沒有上樓回房間，而是直接前往登山步道的入口，準備到一祝神社為明天的工作做準備。

登山步道的環境相當怡人，坡道不會太陡，就算平常沒有運動登山習慣的人也能走得很輕鬆，微陰有雲的天氣也很舒適，浩偉在步道上偶爾會跟那種全家大小一起來的遊客擦肩而過，反而沒看到穿著專業裝備的登山客。

浩偉一路走到接近山腰的位置，還好手機還有訊號，他一邊走一邊用衛星地圖確認，抵達差不多的位置後，浩偉停下腳步仔細觀察，果然在雜草堆中發現了碎石路的入口，要不是文祥事先提醒，他可能再繞十圈也找不到。

碎石路被雜草層層遮蓋，讓浩偉看不到腳下的情況，有的石頭又特別大，浩偉好幾次都差點被這些大石頭絆倒。

「看來明天要先讓沛柔把這裡的草割掉才行，比較大的石頭也要搬到旁邊去。」

浩偉從地上撿起一根樹枝用來探路，繼續往前走了五分鐘後，通往一祝神社的石階梯就出現在浩偉眼前。跟碎石路相比，石階梯的情況好多了，沒有石塊也沒有雜草，浩偉腳步輕盈地踩上階梯，踏上頂端之後，眼前所見才是難題的開始。

首先印入浩偉眼簾的，是雄偉高聳的石製鳥居，鳥居後方的參道則是一整片的綠色迷宮，不光是雜草跟矮樹叢，不知從何方生長過來的藤蔓跟樹枝組成了密集的包圍網，把鳥居後方屬於神明的地盤給團團圍住，浩偉感覺自己就像面對一道綠色的圍牆，憑他一人是無法跨越的。

但人都來到這裡了，不試著進去看看就太說不過去了。

浩偉計算著腳步，轉動身體避開那些狂妄生長的植物，就像在好萊塢電影中閃避紅外線警鈴的大盜主角。等浩偉終於抵達能看到神社全貌的位置時，他感覺自己身體的每個關節彷彿都被扭轉過一遍，好似做了一連串的瑜珈動作，不過也多虧這樣，他才能站到這個好位置來。

除了神社本殿之外，一祝神社的其他東西都保留得非常完整，像是一開始看到的鳥居，以及參道沿路上的石燈籠、狛犬等等都還完好保存著，雖然外觀受到了青苔跟藤蔓的侵蝕，但明天只要清理一下，應該就可以恢復原來的樣貌了。

石基座除了刻在旁邊的字樣已被刮壞，只剩下一跟祝兩個字還能讀出來之外，其他的雕刻作工都還保持著原樣。比較麻煩的是基座上的本殿，整個建築已經看不出原本的樣貌，只剩下斷壁殘垣，完全沒有神社的樣子，看起來反而像是由木板搭建而成的臨時屋。本來應該受到民眾敬拜的神社，在歷經時間轉移之後竟然變成這副模樣，浩偉看了也相當不忍。

用手機拍下神社周遭的環境後，浩偉想起了文祥提到的關於無名神社的事情。

「請你們直接當作沒看到它就好。」文祥雖然這樣交代，但對廢墟迷來說，那種說不能去的地方，就越是要去闖一下。這棟廢墟裡面有什麼？長什麼樣子？會在裡面發現什麼？以前的人們留下什麼東西？這種探險的快感正是廢墟迷所追求的。

用跟進去一樣的方式，扭轉著身體穿過綠色圍牆後，浩偉開始在附近尋找無名神社的地點。原本以爲會需要翻山越嶺找一段時間，沒想到很快就在一祝神社鳥居的旁邊發現了一條延伸至別處的小碎石路，沿著小路往上爬了五分鐘，浩偉看到了文祥口中的無名神社。本來以爲一祝神社的情況已經很糟糕了，沒想到無名神社的情形更爲嚴重。

無名神社位於一處凸起的小山丘上，在這裡看不到過度生長的植物，讓整個山丘看起來像是被大自然排擠了一樣。

山丘上供參拜者攀爬的石段只有簡陋的幾塊石頭，踏上石頭之後，只看到一個基座聳立於原地，鳥居、石燈籠、狛犬等等物品全都沒有，連基座上也是空蕩蕩的一片，原本的神社連半塊木頭也沒剩下。

無名神社的基座比一祝神社要小很多，似乎是刻意建造成又小又矮的模樣，其高度只到浩偉的胸口，寬度也只比一個成年人平舉雙臂再多一點點。看來當年前來敬拜的人應該比一祝神社少很多吧……搞不好在戰爭結束之前，這座無名神社就荒廢掉了也說不定。

浩偉踩上階梯，來到基座上方，發現石板上有許多漆黑的痕跡，看似有東西在這裡燃燒過。一股燒焦味竄進浩偉的鼻腔，讓浩偉皺起眉頭，因為這味道聞起來像是不久前才有人在這裡燒過東西，但石板上除了燒痕之外，沒有任何遺留物，無法辨認這裡之前燒過什麼東西。

突然，一個突兀的物體從基座後方進入他的眼角餘光，那物體快速吸引了浩偉的注意力，他走下階梯來到基座後面，仔細端詳著那物體。

那是一個長方形木箱，蓋子散落在旁邊，第一眼雖然會讓人聯想到棺材，但仔細看後，會發現它只是拿來裝東西的普通木箱。但讓浩偉在意的，是遍布木箱的燒痕，有人曾經放火燒過木箱，而且從味道跟木頭的情況來看，是最近的事情而已。被放在基座上燃燒的，就是這個木箱嗎？

但是文祥說過，村子裡的人現在已經不來這裡了，既然如此，那又是誰、基於什麼目的，要在這裡燒掉這個空無一物的木箱呢？浩偉站在木箱前方苦苦思索，像這樣推測遺留物之前發生過的事情，也是廢墟迷的樂趣之一。

數十種可能性在浩偉的腦中閃過，等他回過神來的時候，黃昏的夕陽已經籠罩山頭。浩偉這才收拾思緒，在陽光還沒完全褪去之前下山。

╳ 卍 ╳

浩偉回到房間換了套乾淨的衣服，再叫醒睡了整個下午的綱豪，拉著他一起到餐廳去跟其他人會合。

由於晚餐費用也是由文化處買單，睡醒正餓的綱豪當然是大點特點，各種肉類都點了好幾份。經過下午的探險，耗盡體力的浩偉也點了超大盎司的牛排，就連沛柔跟君涵也跟浩偉點了一樣的東西，至於下午在村子裡閒逛拍照的思航則是只點了一份義大利麵。

「妳們下午去做什麼了？怎麼也這麼餓？」

浩偉好奇地問起團隊裡兩位女性，沛柔沒有回答，只是繼續大口咬著牛排，君涵則像是氣力放盡般，吐了一口氣說：「我才剛到房間放好東西，沛柔姐就要我換衣服跟她一起去飯店的健身房運動，等到要吃晚餐的時候才出來……」說話的同時，拿著刀叉的雙手仍在不停抖動，但極度需要熱量的身體卻又驅使著她把一塊又一塊的肉送入口中。

被沛柔拉去健身房運動，甚至在她的監督下進行有氧運動跟重訓，浩偉也有過一次印象深刻的經驗，之後只要團隊在外面過夜，他都盡量不要在落單的時候接近沛柔，不然隨時有可能會被她拉去健身房。

吃完正餐，服務生開始上甜點的時候，浩偉拿出手機打開一祝神社的照片，開始跟大家解說明天的注意事項。

「我今天先上去勘查過了，車子無法開上登山步道，到時候所有的工具都要直接搬上去，綱豪你先確定一下砍刀帶得夠不夠，還有粗布手套也看一下是不是夠分給我們每個人，搬石頭的時候會用到，沛柔妳今天晚上再檢查一下割草機的狀況，那上面的草不只多，而且都很強韌……」

每個人都凝神聽著浩偉的叮嚀，第一次參加這麼大工程的君涵更是戰戰兢兢地不斷點頭。浩偉決定不提無名神社的事情，既然文祥都說當作不存在就好，那就沒必要說出去。

晚餐結束後，爲了明天的準備工作，浩偉宣布原地解散，讓每個人各自準備，然後早點睡覺，畢竟夜生活從來都不是遺跡之下的特色。但浩偉完全沒有想到，明天早上，無名神社的存在將在團員間引起騷動。

× 卍 ×

飯店的早餐是採自助式的，可以自己選位置坐，浩偉早上叫醒思航跟綱豪之後就先到餐廳占位置，等其他人一起來吃飯。讓浩偉出乎意料的是，所有人當中最晚來的竟然是君涵，不只如此，君涵坐下來後所說的第一句話，就讓浩偉差點把口中的牛奶給噴出來。

「浩偉，你怎麼沒跟大家說一祝神社後面還有一個小神社的遺跡呀？」君涵此話一出，其他人的眼神一起轉向浩偉，等他證實這件事的眞假。

浩偉把牛奶硬吞下去，摀著嘴巴說：「妳……妳從哪裡知道的？」

「所以是眞的嗎？」思航馬上發出嘖嘖嘖的聲音，說：「老大，像這樣暗藏地點不好喔，我們之前不是說好了嗎？在遺跡之下裡面，有好的點是絕對不能藏私的。」

「我不是故意不跟你們說的，而是沒有必要跟你們說。」

浩偉把文祥昨天交代的，關於那間無名神社的事情在餐桌上全部說了出來，這一坦白也獲得了其他人的諒解。

「一座除了石頭基座以外什麼都沒有的小山丘嗎？那確實沒有去的必要。」綱豪打了個哈欠說。

「好像眞的沒什麼吸引人的，不過等今天工作結束後讓我過去拍幾張照片，留個紀錄應該可以吧？」思航摸著他掛在胸前的相機。沛柔則是緊緊皺著眉頭，好像在煩惱什麼，浩偉猜，她應該也在想爲什麼有人要在那邊燒掉空箱子吧！

「好像不是耶，雖然聽起來有點像，但是我去的是另一個地方。」君涵下了一個出乎意料的結論，她說：「那個地方一樣有個很矮的基座，不過上面有一個小巧玲瓏的神社，感覺不是專業木工蓋的，看起來沒有正式的神社那麼漂亮莊嚴，但是蓋得很純樸，很可愛的樣子。」

「等一下，妳到底是什麼時候去到那種地方的呀？」綱豪在這時提出了一個最關鍵的問題。

「我差不多是在天剛亮的時候去的，直到剛剛才從那裡回來。」君涵說：「因爲昨天跟沛柔姐一起健身，所以睡覺的時候全身痠痛，大概四點多就睡不著了。難得來到山裡，我就想，乾脆去登山步道那邊走一走，運氣好的話搞不好還可以看到日出。」

沛柔恍然大悟地點著頭說：「喔，難怪我起床就沒看到妳了，我還以爲妳先跑下來吃早餐了。」

君涵不好意思地笑了一下，繼續往下說：「那個時候登山步道上完全沒有人，天快亮的時候才遇到一個當地的原住民男生，他主動找我聊天，一聽到我是要來這裡清理一祝神社的，就問我要不要去另一間小神社看看，然後帶我走過一條很難走的碎石路，我在路上也有看到今天準備去清理的一祝神社，然後就到那間小神社了，那個男生還有教我怎麼拜喔，就像這樣子，要先拜三下……然後再搓一下手，再拜三下這樣。」

君涵一邊說著一邊示範祭拜的動作，明明是很神聖的動作，但在浩偉眼裡卻怎麼看都不對勁。因爲他昨天才親眼看到，無名神社除了基座跟那個詭異的木箱以外什麼都沒有，君涵口中的原住民男生到底帶她去哪個神社參拜了？

「帶妳去神社的那個男生，有什麼特徵嗎？」沛柔的聲音不太友善，顯然是懷疑對方的企圖。

「就是很普通的原住民青年，蠻帥的，年紀應該比我小一點，然後……啊，他身上穿著卡其色的衣服跟褲子，好像是某間學校或是公司的制服吧！」

「對方穿那種服裝去爬山，妳不覺得很奇怪嗎？」沛柔嚴肅地看著君涵，君涵的肩膀抖了一下，不曉得是被沛柔的眼神嚇到，還是現在才警覺到對方穿著的怪異之處。

君涵看起來雖然一副冰雪聰明的樣子，但警覺性明顯不足，像這樣輕易相信別人的人，往往會把自己引向危險。

「能把妳去的地方在地圖上指出來嗎？」浩偉用手機打開衛星地圖，把一祝神社的周邊區域放大以後，再把手機放到君涵面前。

君涵雙手抵在下巴下面，看著地圖思索了幾分鐘，然後謹慎地把手指放到螢幕上的某一點。

「……應該是這邊，那個小山丘的圓形蠻好認的。」

君涵所指的地點，正是浩偉昨天才去過的無名神社。浩偉倒吸了一口氣，餐桌上的氣氛像是結凍般被冰霜所覆蓋。

思航的聲音打破沉默，問：「妳有拍照嗎？」

「啊，那個男生在參拜的時候，我有拍了幾張……」君涵匆忙拿出手機，但不管她怎麼滑都找不到那張照片，「奇怪了……我記得我有拍下來啊！」照片神秘地從手機裡消失了，君涵的手越滑越快，餐桌上的氣氛也越來越緊繃。

事實上，當君涵說她在步道上遇到那個原住民男生的時候，浩偉就已經預料到這個結果了。

這次果然遇到不該遇到的了。

× 卍 ×

這天的工作，可能是浩偉成立遺跡之下之後壓力最爲沉重的一次。壓力來源並不是工作本身，而是來自於無名神社。

在工作分配上，綱豪跟浩偉負責拿砍刀砍掉擋路的樹枝，思航跟君涵協助搬走小路上阻礙前進的石頭，沛柔一樣專心割草。大家雖然都專心做著自己的工作，但每個人的心裡都掛念著那座無名神社。

那座神社到底是怎樣的一個地方？發生過怎樣的故事？早上出現在君涵面前的原住民男生又是誰？儘管有這麼多疑問，但浩偉還是跟大家達成了共識，那就是工作結束後就直接離開，不要在這裡久留，更不要接近無名神社，大家也都同意了。因爲每個人也都有預感，這次眞的碰到匪夷所思的怪事了。

雖然目前只有君涵的說詞為證，但浩偉跟其他人都相信君涵不是會說謊的人，加上浩偉昨天待在無名神社的時候，那個被火焚燒過的木箱也讓他有種毛骨悚然的感覺。探索廢墟或遺跡時，只要感覺不對勁，或是發生無法以常理解釋的事情，就必須馬上停止探索，有問題的地方就盡量不要去，這是廢墟圈中必須牢記的規則，更是保護自己的不二法門。

保持在一祝神社活動及工作，這是浩偉的底線。

一祝神社的工作約莫在下午五點全部結束，心理跟身體上的雙重負荷讓每個人都累癱了。把工具帶下山回到飯店之後，浩偉讓其他人先回房休息等吃晚餐，然後前往活動中心找文祥，回報今天的工作結果。

雖然無名神社的事情一直在心頭打轉，但浩偉認為他們今天的維護作業還是保持在水準之上，現在通往一祝神社的碎石路已經變得平坦好走，由樹叢跟雜草交雜而成的綠色圍牆也被清除，神社的視野變得清晰許多，站在鳥居就可以清楚瀏覽神社內的每個物體，至於殘破的本殿，因為需要專業的木工重建，浩偉他們就愛莫能助了。

把思航拍下的成果照片展示給文祥看，文祥對遺跡之下的工作成果相當滿意，大力稱讚道：「結果比我預期的好太多了，謝謝你們！文化處的人明天就會來，到時你們也陪我一起上去吧？我有信心可以通過他們的審核。」

要再上去一次嗎？一想到那間詭異的無名神社，浩偉稍微猶豫了：「我要再看一下行程，有可能明天早上我們就要先離開了……」

「能改一下行程嗎？要是文化處願意重建並推廣一祝神社這個景點，你們就是我們村子的英雄了，到時候一定要請你們吃一頓豐盛的午宴，留到那時候再走也不遲啊！」

「這個……」

文祥不斷熱心地邀請浩偉一行人留到中午，浩偉怕自己眞的會答應，最後只好用「我要回去跟其他人討論一下」的理由，先逃離活動中心。

回到飯店離晚餐還有一段時間，但浩偉覺得自己今天已經累到哪裡都去不了了，決定回房間休息等晚餐開動。

回到房間，綱豪整個人已經癱在床上，而思航正在用筆記型電腦整理今天拍攝的照片。浩偉走到床邊把工作服脫下來，準備換上休閒服，並對思航問道：「今天的照片有拍到什麼奇怪的東西嗎？」

思航斜過頭來，不解地問：「老大，什麼意思啊？」

「就是那個意思啊！你懂的。」換上休閒服後，浩偉原地跳了一下，寬鬆的衣服讓身體輕鬆不少，他意有所指地說：「例如說……有沒有拍到穿著卡其色衣服的人影之類的。」

思航馬上聽懂了，浩偉指的是，帶君涵去無名神社的原住民男生。

「整理到現在還沒看到類似的畫面，我今天晚上會把照片全部看過一次，有的話馬上跟你說。」思航不安地瞄了一下電腦螢幕，擔憂地問：「老大……你覺得那個男生不是人，是嗎？」

「有可能，因為君涵的遭遇根本不合常理，而且我們也不是第一次遇到這種情況了，不是嗎？」浩偉坐到床上把雙腿伸直，伸展著痠痛的肌肉。

「欸欸，等一下，不是第一次遇到了？」一聽到浩偉說的話，原本以為已經睡著的綱豪迅速從床上坐起來，用戲劇性的驚訝口氣問：「是哪一次遇到的？為什麼我都不知道？」

「豪哥那個時候你還沒加入啦！」思航露出沾沾自喜的笑容，這是身為老鳥特有的表情，「而且那個時候遺跡之下也還沒有成立，對吧老大？」

浩偉點頭說：「嗯，那是我跟你認識還沒多久的時候發生的事情。」

思航跟浩偉是在探險同一棟廢墟時偶然認識的，交換過聯絡資訊之後，彼此就成了常相約跑廢的探險夥伴。

浩偉準備要成立遺跡之下的時候，第一個邀請的就是思航，而浩偉口中的「那件事情」，就是在認識思航一個月後發生的。

那天他們約好去一間廢棄紡織廠探險，當他們進入員工宿舍探索的時候，在裡面遇到了另一個人。

正確來說，他們只在宿舍走廊上看到了一個纖細的女性背影，那個背影竄入其中一間房間，浩偉跟思航進去裡面查看，卻只在房裡看到一團疑似遊民睡過的棉被跟生活器具，沒有半個人在裡面。浩偉當下面如死灰，知道這裡不能再待下去了，馬上跟思航一起撤出紡織廠。

跑過廢墟的人，至少都會有一兩次的撞鬼經驗，浩偉跟思航這次的經驗雖然不算恐怖，但至少是第一次，值得做個紀念。

聽完這段經過後，綱豪失望地給出「嗄？就這樣而已？」的感想，看來他所設想的撞鬼經驗應該是要更精采一些的。

「你們從其他廢墟迷那邊應該還有聽過更多故事吧？多說一點讓我聽聽看嘛！」

明明團隊現在也面臨差不多的處境，綱豪卻硬是要浩偉跟思航多說一些鬼故事給他聽，兩人沒有辦法，只好繼續說著幾個聽來的故事，直到晚餐時間，三人才一起下樓到餐廳集合。

到了餐廳，君涵跟沛柔都還沒到，三人便先坐下來看菜單，就在浩偉準備揮手叫服務生過來點餐的時候，沛柔整個人突然如炮彈般撞進餐廳裡，這股氣勢一直衝到餐桌前才踩下剎車，浩偉甚至能從沛柔身上聞到一股煙硝味。

「哇！幹嘛衝這麼快？我們才正要開始點餐而已啦！」擔心沛柔開始爆走，桌上的三個男生全都嚇到把菜單當成盾牌。沛柔用子彈般的眼神掃射每一個人，然後丟出一個問題：「君涵剛剛有來嗎？」

「欸？沒看到她啊，妳們不是一起待在房間裡嗎？」

噹啷一聲，沛柔像丟手榴彈一樣，把好幾樣東西扔到餐桌上。

「我洗完澡出來就發現君涵不在房間，而且她的這些東西全都沒拿。」

其他人定神一看，沛柔丟到桌上的原來是君涵的手機、皮包跟房卡，一般人是不可能把這些東西都忘在房裡就離開的。

「我跟她說好要一起下來的，結果她什麼東西都沒帶，人就不見了。」

三個男生馬上放下菜單站起來，現在的他們已經沒有心情用餐了。

「妳問過大門口的接待員了嗎？」浩偉問。

「還沒有，我想先來看她有沒有下來找你們。」

浩偉二話不說，轉身往餐廳出口走，直朝大門口而去，其他人也跟在他後面，餐廳的服務生愣愣地看著這一切，搞不懂這一行人到底在演哪齣戲。

向大門口的接待員詢問過後，對方說確實看到一位像君涵的女孩子往外面走。

「她往哪個方向走？」

接待員的手指向浩偉最不想看到的地方，也就是那條登山步道的入口。

「只有她一個人嗎？」浩偉又問。

「呃，先生的意思是？」

「她是自己一個人往那邊走的嗎？有沒有其他人陪她一起走？」

「沒、沒有了，我、我只看到她一個人……」接待員被浩偉一行人的氣勢嚇到結巴。

浩偉轉頭看向其他人，從大家的眼神中，浩偉知道每個人想的都是一樣的。君涵去的地方只可能會有一個，就是無名神社。不過現在天色已經暗了，上山的難度會比白天高很多，但又不能就這樣把君涵丟在山上不管，還是得要馬上出發去找她才行。

一想到這點，浩偉馬上發出了指令：「大家到車上拿手電筒，我帶大家去無名神社，一起把她帶下來。」遺跡之下的團員們各自點了個頭，便迅速往廂型車移動。

╳　卍　╳

白天的山上跟夜晚的山上，是兩個截然不同的世界。在白天，有綠色山景跟白雲爲伴，但到了夜晚，山上除了無止盡的黑暗跟不知從何處發出的動物鳴叫聲之外，人類就是最脆弱最虛渺的存在，隨時都會被山吞噬。

儘管每個人手上都有手電筒，但浩偉一行人還是走得相當艱辛，好不容易走到一祝神社的鳥居，綱豪一路上已經差點被絆倒五、六次，但浩偉知道接下來的路會更難走，因爲他們白天的時候並沒有清理通往無名神社的碎石路，這條路還是保持著最原始的狀態。

「接下來的路會很危險，大家小心。」浩偉在帶路時刻意放慢步伐，但卻又心急如焚地想要趕路，只怕君涵眞的在無名神社出了什麼事情。通往無名神社的這條碎石路比浩偉預想的要長很多，明明昨天走起來只要五分鐘，但現在卻感覺五十分鐘也走不完，他甚至開始懷疑自己是不是走錯路了。

直到手電筒的燈光終於在前方照到君涵的身影，浩偉這才放下心口的大石，跑上前去叫喚君涵的名字。

君涵正赤腳走在無名神社所在的小山丘上，她的步伐緩慢到像是夢遊般，朝著基座前進著，浩偉跟沛柔急忙跑到她面前，伸手把她攔住。

「喂！君涵！妳看我這裡！」浩偉把臉正對著君涵，君涵的眼睛卻毫無反應，瞳孔就像是被什麼迷住一般，始終維持在神社基座的方向，堅定地踩著腳步前進。

「浩偉，你到旁邊去。」沛柔的聲音突然散發出一絲殺氣，浩偉連忙往後退出一步，只見沛柔一個俐落的巴掌甩到君涵臉上，思航跟綱豪都嚇得聳高肩膀。這招雖然暴力，但確實有效，當君涵把頭抬起來的時候，浩偉從她的眼神中認出了她，君涵回來了。

君涵撫著臉頰看著沛柔，她先是張大嘴巴一副不可思議的模樣，然後馬上就哭了出來：「沛柔姐，妳幹嘛打我？」

「來救妳啊！妳看一下妳現在在哪裡？」沛柔厲聲喝斥，並用手電筒照著周圍。

君涵看到身處的環境後，眼淚馬上就止住了。

「啊！這、這裡是那個……」君涵馬上認出，這正是今天早上來過的神社，「我怎麼跑上來了？我不是在房間裡嗎？」

「這個不是重點啦！我們先快點離開這裡啦！」思航用雙手緊緊抓著手電筒，聲音比平常還要尖銳。

就在這個時候，浩偉聽到了聲音。那是不應該存在於大自然的人爲聲音。

浩偉停下腳步，雙眼緊緊盯住聲音傳來的方向，也就是無名神社的基座後面。

喀吵、喀吵、喀吵……像是……指甲刮在木板上的聲音。

浩偉想起了基座後方的那個木箱。

其他人此刻連呼吸都憋住了，因爲他們也跟浩偉聽到了一樣的聲音。

喀吵、喀吵、啪，啪。

啪、啪、啪、啪、啪、啪。

突然，浩偉認出了這是什麼聲音。

那是有人從木箱爬到基座，赤腳在石板上朝他們走來的聲音。

其中一道手電筒的燈光開始移動，是綱豪的手電筒，他想要把燈光照到基座上面。

「別照！」浩偉伸手壓下綱豪的手電筒，厲聲說道：「大家快點走，不要用燈光去照他，快點離開。」

綱豪錯愕了一下，浩偉又一次說：「快點走就對了！不要回頭！」這才開始由沛柔帶頭，一行人沿著來時的路趕緊往回走，浩偉走在最後面押隊。

最前面的沛柔牽著君涵的手，腳步走得又急又快，但不管是走在碎石路，或是回到登山步道上，浩偉還是可以聽到那「啪、啪、啪」的腳步聲持續跟在後面，彷彿正在跟著他們下山。

浩偉決定豁出去了，也不管還沒脫離險境，拿出手機打給文祥，等對方接起電話，他劈頭就說：「喂！在無名神社上的到底是什麼東西？怎麼會跟著我們一起下山啊？」

文祥像是聽不懂浩偉所說的語言，安靜了好幾秒鐘，然後突然大叫：「你們過去那裡了？我不是說就當作沒看到那個地方嗎？」

「這不一樣！是他主動纏上我們的！」浩偉無奈回嗆，「我們現在快下山了，他還跟在我們後面，現在怎麼辦？」

「好吧……既然都發生了，聽著，你們不要回去飯店，直接到活動中心來找我，聽懂嗎？」

「……我知道了。」

浩偉掛斷電話，喊話給最前面的沛柔，請她下山後直接往活動中心走，自己會在後面負責指路。同時，浩偉心裡也有了底，從文祥這麼快就做出判斷來看，他果然知道無名神社裡到底藏了什麼……

×卍×

好不容易終於離開登山步道下了山，但就算來到柏油路，走在人來人往的街上，浩偉還是可以聽到那「啪、啪、啪」的赤腳聲如影隨形地跟在他們身後。直到抵達活動中心，腳步聲才從浩偉的耳邊逐漸消失，但浩偉不確定腳步聲是真的不見了，或者只是被活動中心裡傳出的日文歌給蓋過去了。

文祥正用活動中心裡的音響播放著浩偉從來沒聽過的日文歌，以莊嚴磅薄的曲調聽來，極有可能是一首軍歌。

一行人進到活動中心之後，就像馬拉松選手終於進入飲水區一樣，每個人都在大口喘氣，或是猛力喝著文祥準備的礦泉水。看到五個人筋疲力盡的樣子，文祥讓他們休息一段時間之後才出聲問道：「是哪一位差點被帶走了？」

眾人一片啞然，君涵最後緩緩舉起了手。

浩偉放下灌到一半的礦泉水，怒瞪著文祥：「果然啊！你知道發生了什麼事，對吧？」

「我知道，只是這種現象已經十幾年沒發生過了……」

「那你要跟我們好好說說這是怎麼回事嗎？」浩偉擦去殘留在嘴邊的礦泉水，直接跟文祥挑開了來講：「還是你要我明天把無名神社的事情告訴文化處的人？要是他們知道那附近有個不祥的神社，一祝神社重建的計畫也就泡湯了吧？」

「你不需要威脅我，我本來就沒打算隱瞞，我只是想等明天過關以後再告訴你們。不過既然已經遇到了，不跟你們說也不行了。」

文祥縮起小腹，一瞬間收起了和藹可親的形象，換上肅殺的凶悍臉孔，似乎他接下來要講的事情，非得用這樣的態度來述說才行。

「那座無名神社是在二戰結束的時候，由我們當地的族人自己蓋的，蓋的目的並不是爲了敬拜神明，而是爲了紀念我們部落在二戰期間被日軍徵召入伍的青年們。所以它一開始就沒有名字，因爲每位在戰爭中犧牲的戰士都是無名英雄。」隨著這段述說，文祥的站姿也不自覺地變成恭敬的立正，也許過去長輩在跟他講這段故事時，叮嚀過要抱持著恭敬的態度來看待吧！

「在戰爭期間，有一位青年被派駐到菲律賓的一個小島上，那個地方的訊息不流通，所以他始終不知道日本投降的消息，一直跟同袍窩藏在島上，對抗著當地的軍警……直到日軍派高級軍官到島上來放軍歌，這才把他們引出來，並說服他們投降，從戰爭結束到此刻他們投降，竟然已過了七年的時間。當他回到台灣，卻發現妻子已經改嫁了。」

說到這裡，文祥嘆了一口長氣，繼續說：「接下來就是悲劇的開始……那位青年對妻子的改嫁怒不可遏，便把妻子帶到無名神社綁起來，丟進放雜物的木箱裡，然後自己也跳了進去，跟妻子在箱子裡自焚而亡，無名神社也受到火勢的影響而燒為灰燼。」

「所以現在留在上面的……就是當時的那個箱子嗎？」浩偉想起那個讓他感到毛骨悚然的木箱子，現在知道背後的故事，心裡的感受更複雜了。

「沒錯，聽說當時的族人曾經試著把箱子處理掉，但或許是那青年的怨念太深了，不管怎麼燒、怎麼破壞，它都會在不久後完好無缺地回到無名神社，就算載去遠處丟掉也一樣。更可怕的是，後來又發生過好幾起外地來的女性被燒死在箱子裡的事件，而且這些女性的長相年紀都十分接近……族人認為，那位青年是在尋找跟妻子相似的女性，再一一引誘到無名神社上殺害。」

「啊！那我不就差一點……」君涵摀住嘴巴驚呼，要是浩偉他們晚一步找到君涵，只怕君涵也會變成箱子裡的焦屍。

「最後我們乾脆假裝無名神社不存在，也禁止族人到那邊去。距離上一次有女性被燒死，已經是幾十年前的事情了……本來以為那位青年已經放下怨念，沒想到卻害你們遇上這樣的事情。」

文祥又嘆了一次氣，轉頭看向旁邊正在播放日本軍歌的音響，說：「還好之前族人留下來的方法還有用，聽說那位青年非常敬重自己身為皇軍的身分，所以日本軍歌可以讓他無法靠近，但這不代表他不會再次對這位小姐出手。」

「所以君涵還是有危險，是這個意思嗎？」浩偉問：「從你族人那邊傳下來的方法中，沒有辦法讓她徹底脫離險境嗎？」

「是有一個方法啦！只是眞的對你們很不好意思了……」文祥抓抓頭笑了，他的肚子放鬆了，轉眼又變回那個親切的原住民大叔。

×　卍　×

原本三天兩夜的行程在意外事件的干擾下，縮短成了兩天一夜，原本應該在飯店裡好好休息的夜晚，變成了開夜車趕回台中的行程。

「最保險的方法就是你們今天晚上馬上離開這裡，如果可以的話，請這位小姐永遠不要再回到我們村子，這是爲了保護妳……明天文化處的人來了，我也會跟他們如實說出無名神社的事情，要是一祝神社審核的事情因此受到阻礙，那也算是我們村子的宿命，怪不得別人。」這是文祥最後對浩偉一行人所說的話。

直到收拾好行李踏上歸途，浩偉才突然想起忘了問文祥，村子裡的長輩有沒有人認得照片上那間醫院的，當此時綱豪已經把車子駛離村子了。算了……浩偉想，光是那兩座神社的事情就夠文祥忙的了，還是別再吵他了吧！

「那個……浩偉……」車內突然出現一個微小的聲音，是君涵正在說話。

沛柔跟思航都已經閉上眼睛補眠，現在車上除了開車的綱豪之外，只剩浩偉跟君涵清醒著。君涵在黑暗中眨著大眼睛，悄聲說道：「對不起，都是因為我，要是我早上沒有到處亂跑的話……」

「別說了，沒事，沒關係的。」浩偉換了個比較輕鬆的姿勢，笑著說：「妳忘記我是廢墟迷了嗎？探險跟追求刺激才是廢墟迷想要的，這次的經歷真的很刺激，我應該要謝謝妳才對。」

對向車道一閃而過的車燈霎時照亮了君涵的臉龐，襯得她的眼睛更加美麗，浩偉迴避了眼神，伸手拍了一下駕駛座的椅背，問：「綱豪，你還可以嗎？需要換手的話就說一聲，不用客氣喔！」

「我OK的啦！我這輛車只有我能開，要是給你們開呀！保證不到一百公尺就撞了，你們還是在後面給我乖乖睡覺吧！」綱豪回道。

浩偉跟君涵相視而笑，然後一起閉上了眼睛。

真實存在的遺跡：

台東神社

二〇一四年，台東鹿野鄉村民集資邀請日本木工師傅前來修復當地神社，重建鹿野神社，成為當地觀光景點。目前台東仍有四十多座神社埋沒於雜草堆中，等待相關部門勘驗審查其文化價值。

故事提到的部落青年在歷史裡也真有其人，而且有著類似遭遇的人們不在少數。最著名的一位是阿美族的李光輝，於一九四二年加入日本軍，派駐於印尼戰場，在叢林中進行游擊戰，後來不幸跟部隊走失，獨自一人在叢林中頑抗，完全不知日本投降的消息，直到一九七四年才被發現，是最後一位被發現的台籍日本軍。

李光輝回到台灣後，發現妻子早已改嫁，離開時才剛出生一個月的兒子也早已長大成人生子，李光輝難以接受而抑鬱寡歡，最後罹患肺癌，於一九七六年病逝。

第三章　她一定會回來的

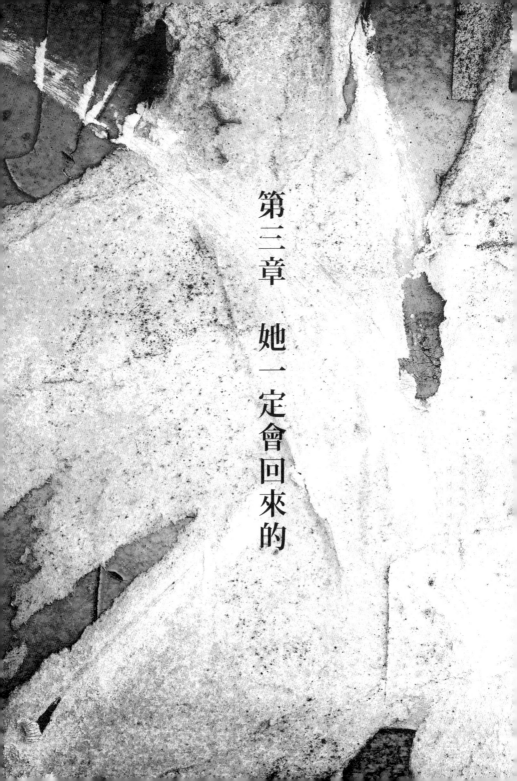

君涵不曉得自己爲什麼會躺在這裡。

這裡是君涵從未見過的空間，陰暗、狹小，周遭的牆壁滿是腐朽的木頭味，就連她躺著的桌子也是一張只要晃動就會發出聲響的舊木桌。君涵並不討厭這股氣味，相反的，她相當享受這股味道，木頭的香氣透著半腐壞的霉味，其實有一種特殊的魅力。但她不明白的是，她爲什麼會躺在這裡？

君涵想轉頭觀察四周的環境，但她發現全身使不上力，就連想輕輕眨動眼皮也做不到。躺在這裡的感覺像是在等待某人來檢視她的身體，狹窄的空間裡充滿著壓迫感，以及無能爲力的恐懼。

詭異的空間中傳來腳步聲，正在朝君涵接近。君涵看不到來的人是誰，只聽見響亮的腳步聲在耳邊由遠而近漸漸變大。當腳步聲在桌子旁停下來時，一張男人的臉從右側探出，從上方俯視著君涵。那是一張對君涵來說既熟悉又陌生的臉孔，感覺似乎在哪裡看過，但一時間又想不起來。

男人的手在側邊發出鏗鏗鏘鏘的聲音，好像正在準備什麼東西。君涵這時認出了男人的身分，正要大聲呼喊對方時，男人伸出手，用手掌蓋住了君涵的雙眼。君涵眼前的世界覆上一片黑暗，腐朽的木頭氣味開始消散，熟悉的房間氣味凝聚在鼻前，君涵一口吸入後，眼皮也同時睜開。

「阿公！」君涵直挺挺地從床上彈起來，驚叫出聲。

聲音一喊出來，君涵馬上就知道剛剛是在作夢，還好自己是一個人住套房，要是有室友同住的話，剛剛這一聲鐵定會挨上不少抱怨。

看了一下放在床頭的手機，時間顯示剛過早上六點，這並不是君涵平常會起床的時間，太早了。但君涵現在也沒有心情躺回去繼續睡，就像是睡到一半突然發現明天要交的期末報告還沒完成一樣，剛才的夢境已經把她的精神完全喚醒了。

到浴室簡單洗個臉後，君涵坐到書桌前，從抽屜裡拿出那張阿公留下來的舊照片。照片中，小林麟一郎站在自己的醫院前面，雖然照片上的面孔已經褪色且模糊，但臉孔的輪廓不會騙人，君涵還是認得出來，剛剛出現在夢境裡的人絕對就是年輕時的阿公。

君涵用手輕輕撫摸照片上的身影，如果夢中的人是阿公的話，那她躺著的那個空間又是哪裡？在那個空間裡所感受到的氛圍並不像是醫院，而是一間從未有陽光進入、永遠籠罩在腐朽跟黑暗之中的地下室。

「阿公，你想藉著這個夢告訴我什麼事情嗎？」君涵對著照片問。當然，照片上的小林麟一郎不會說話，君涵默默將照片收起來，思考著該如何利用這個意外的早起時間。

× 卍 ×

雖然上次特別早起時在台東留下了不好的回憶，但君涵還是決定利用這段時間出去走一走，並利用大家還沒出門上班前的離峰時間去吃早餐。一路走到離公寓有段距離，從以前就很想去吃，卻一直沒機會吃的早餐店時，君涵在店裡發現了一個意外的身影。

浩偉兩手捧著漢堡，一邊咬一邊看報紙，桌上還放著一杯熱騰騰的奶茶，他的身上穿著風衣外套跟牛仔褲，看起來不像剛起床的樣子，像是正要去上班。

在櫃檯點過餐後，君涵直接坐到了浩偉旁邊的位置。

「早安，你怎麼會在這裡啊？」

看到突然出現身邊的君涵，浩偉喉嚨裡的漢堡肉差點就哽住了，他輕輕咳了幾聲後，說：「咳……啊……妳……對喔，我都忘記妳家住在這附近了。」

爲了方便綱豪安排開車接送的路線，每位成員加入遺跡之下時，都會要求他們提供地址建立基本資料，只是浩偉早就忘記地址的內容，現在看到君涵才突然想起來。

「嗯，我租的公寓就在那個轉角再過去一點。」君涵伸出手，指向街道的另一端，「那你呢？該不會是搬到這附近了吧？」

「怎麼可能，我是剛下班啦！」浩偉朝早餐店門口撇了一下頭，一輛裝載著羊奶盒子的機車就停在那裡。

「喔，原來你的工作是送羊奶啊！」君涵頓時恍然大悟，聲音裡帶著發現新大陸般的驚奇感，因爲這是她第一次知道遺跡之下其他成員的工作內容。

浩偉放下漢堡，喝了一口奶茶說道：「不算是正職工作啦，我白天還有一個在大賣場的工作，送羊奶只是興趣。」

「喔喔？你的興趣還眞奇怪耶！」

「因爲送羊奶可以在城市的每個角落到處跑啊！順便看一下有沒有之前沒注意到的廢墟或是遺跡，所以我每隔一段時間就會跟公司要求更換路線，算是我蒐集地點的一個管道吧！」浩偉露出自豪的笑容，每個廢墟迷尋找地點的方法千奇百怪，可是用送羊奶來找的，他應該是前無古人，後無來者了。

浩偉繼續說：「而且這樣也可以多一份收入，畢竟遺跡之下是沒有經費補助的，車子的油錢，還有那些工具的費用，都是我跟豪哥還有沛柔一起出的。」

談到錢，浩偉怕君涵覺得自己意有所指，馬上補充：「不過妳別擔心，因爲思航跟妳都還是學生，所以不會叫你們出的，你們只要出力幫忙就好了。」

「喔，那個……」君涵忍不住朝自己的皮包瞄了一眼，「其實我還是可以補貼一點點的啦。」

「妳才剛加入我們，沒有必要啦，要補貼也是思航先拿錢出來，然後才輪到妳啊！」浩偉不想讓君涵因爲無法幫忙而感到內疚，所以盡可能表現出比平常還要開朗十倍的表情：「妳只要不被我們這個窮團體嚇跑就好，這樣我就很開心了！」

「我不會因爲這樣就被嚇跑的，我可是從小窮到大的耶！」君涵也笑了出來。

這時店員正好將君涵點的早餐送上，君涵拿起裝著薯條的袋子，把薯條分出一半，拿給浩偉。

「這樣我也算有幫到忙了吧？」君涵俏皮地笑著。

浩偉也不客氣，拿起薯條就放進口中，看到君涵現在這麼開朗，浩偉總算放下了心裡的石頭。

自從上次的台東事件，這顆石頭就壓在他心裡很久了，浩偉決定直接把這顆石頭裡所裝的煩惱告訴君涵：「其實啊，上次在台東遇到那種事情，我們一直很擔心妳會不會退出……」

「不會啦！」君涵很快搖頭否決浩偉的猜測，說：「我上網查了一下，很多資深的廢墟迷跑了幾十年都沒有遇過這種事情，我第一次就遇到了，某方面來說也算很幸運吧！而且我也還沒找到阿公的醫院呢！怎麼可以退出。」

君涵露出「無所謂啦」的豁達表情，浩偉也不曉得該怎麼形容君涵的個性，該說是太天真嗎？或是傻到太樂觀了呢？不過或許這種有點傻里傻氣的個性，反而更適合加入遺跡之下吧！

把手上的漢堡全吃完後，浩偉突然想到一件事情，問道：「對了，這禮拜六要去的遺跡資料，妳看過了嗎？」

一旦決定好下次要去維護的遺跡，浩偉就會把資料傳到群組裡面，讓大家先有心理準備，並準備相關的工具。

嗎？」

「看過了，是在宜蘭吧？」早就看過資料的君涵馬上提出疑問：「這次沒有要過夜

「這次沒有補助，而且車程只要兩個半小時，當天來回就可以了。」

雖然跟上次的台東行比起來，兩個半小時已經算很短了，但感覺起來仍不輕鬆。

「聽起來可能很累，不過等工作結束後，我們還是會在當地逛一逛，吃些美食再回來的。」浩偉站起來，拍了拍吃飽的肚子，「妳慢慢吃，我幫妳買單吧！」

「啊！不用啦，我自己可以付……」

君涵還來不及把身體從桌椅間抽出來，浩偉已經走到櫃檯結完帳了。

「禮拜六見了喔！」浩偉在騎機車離開前，對君涵揮手這麼說著。

× 卍 ×

禮拜六當天，綱豪按照慣例到每位成員的家門口接人，然後將廂型車開上高速公路，一路駛向宜蘭。

這是君涵第二次跟大家一起出動，雖然她的位置一樣在沛柔旁邊，但她整個人看起來自然許多，已經不像上次那樣緊張了。車程中，君涵更把前幾天夢到阿公的事情說了出來，並徵詢意見：「大家覺得我爲什麼會做這樣的夢呀？是阿公有話想告訴我嗎？」

「會不會是因爲阿公知道妳正在找他的醫院，所以想透過夢境告訴妳醫院的地點呢？」思航說。

「可是我阿公在夢裡一句話也沒有說耶，只是這樣探頭看我，然後伸手遮住我的眼睛而已。」君涵模仿阿公在夢中的動作，往前伸長脖子，低頭往下看，「然後我還有聽到一陣鏗鏗鏘鏘的聲音，好像有金屬製的東西在撞來撞去……」

「會不會是手術刀之類的東西？」沛柔緊皺著眉頭，嚴肅的表情看起來就像在破解命案的偵探：「妳說妳在夢中是躺著，而且動彈不得對吧？那妳可能是被麻醉了，加上那些金屬碰撞的聲音，應該是刀具，聽起來他好像正準備幫妳開刀的樣子。」

夢到阿公原本是件溫馨的事，不過沛柔的假想讓夢境瞬間變成驚悚風格，到底是什麼樣的情況，才會在那種恐怖的空間幫人開刀呀？

沛柔平日話不多，但一開口卻常說出令人捏把冷汗的話，浩偉擔心話題的走向會越來越奇怪，便說：「夢境本來就是沒有邏輯的，不用那麼認眞研究啦！」

正在開車的綱豪也說道：「可能是因爲妳太想找到阿公的醫院了，但一直沒有進展，才會作這種夢吧，這也是難免的，畢竟在台灣的遺跡呀，今天或許還好好的，但也許哪天就突然被拆掉，誰也沒辦法預料。」

「說到這個，我有到各大攝影社團幫妳問了，雖然現在還沒接到，不過一定會有消息的，妳阿公的醫院這麼有特色，一定會有攝影迷看過的！」思航也急著搭腔。

浩偉看得出來思航對君涵有意思，但沒想到思航私底下爲她這麼努力地收集情報。沛柔不再接話，她的眉頭仍緊緊皺著，似乎要找到凶手才甘願把眉頭鬆開。

「不過我覺得那個夢的感覺很眞實，而且有一點很不可思議……當時我聞到了木頭跟泥土混合的味道，照理說夢中是不會有嗅覺的吧？但是我眞的聞到了。」君涵回憶著夢中那個恐怖空間帶給她的感受，突然想到另一件事：「還有還有，我明明沒有看過年輕時的阿公，可是阿公出現在我夢境裡的模樣卻是年輕時候的樣子，而且好眞實，好像我眞的親眼看過年輕的他，跟他相處過一樣，眞的很奇妙……」

就算君涵描述得再神奇，遺跡之下畢竟不是專門解夢的團體，那究竟是單純的夢，或是君涵阿公眞的有話想跟她說？大家也無法幫君涵解答，只好繼續你一句我一句地東扯西聊，還好沛柔沒有再把話題導向奇怪的方向，浩偉對這點感到慶幸。

×　卍　×

這禮拜六出遊的人潮不多，高速公路沒有塞車，順暢的路況讓整個車程縮短了半個小時，一行人提早抵達了目的地。

遺跡地點雖然就在馬路旁邊，但因爲建築本身被一道矮牆遮蔽住，牆上也沒有明顯的招牌告示，第一次經過的時候綱豪還開過頭，直到浩偉提醒，綱豪才繞回來把車停在遺跡前方。車停好，浩偉才發現這裡不是沒有招牌，而是實在太不顯眼，所以才沒注意到。仔細看的話，會看到不足一個人高的矮牆上嵌著一塊石板，石板上用黑底白字寫著四個字：

川玉澡堂

澡堂就位在矮牆之後，く字形的屋頂磚瓦只比矮牆高一點點，看上去雖然是簡陋不起眼的平房，但其實是一間從日據時期營業至今的公共澡堂。只不過它的營業生涯將要到盡頭了，今天的維護工作結束後，當地區公所的人就會把澡堂的門鎖上，不再開放。

「哇喔！沒想到台灣竟然還有這種地方。」思航一下車就對澡堂的外觀感到讚嘆，並拿起相機拍了好幾張照片，像這樣簡樸的頹廢感，正是廢墟迷的最愛。

「別大驚小怪啦！雖然我們台中那邊看不到，但是北部跟東部好像還是有幾間公共澡堂在持續營業的樣子。」下車後的浩偉審視著眼前的川玉澡堂，爲了這次的遺跡任務，他特地查詢了一些跟澡堂相關的資料。

據說在日據時期之前，台灣人普遍沒有洗澡習慣，平常只用水擦手擦腳來幫身體清潔，也就是老一輩人常說的「洗手腳」，直到日本人把澡堂文化引入台灣，並在各地廣設公共澡堂，才改變了舊有的習慣。日本人戰敗離開台灣後，許多公共澡堂仍持續營業，直到家家戶戶開始擁有自己的浴室，澡堂文化才沒落下來。

儘管如此，目前在台灣還是有十幾間澡堂從日據時期營業至今。有的澡堂源自溫泉，因此轉型爲收費的觀光溫泉澡堂，有少數澡堂則保持免費入場的傳統，並且受到當地民眾歡迎。

川玉澡堂正是其中一間免費澡堂，以往每到傍晚時刻，居住於附近的民眾總會提著臉盆來此聚集，一同在浴池內放鬆休息、聊天作樂。但隨著時代變遷，到川玉澡堂洗澡的人逐漸變少，只剩幾位當地長輩光顧，鮮少有觀光客知道這個地點。

雖然地方政府試著將川玉澡堂作爲景點推廣出去，但澡堂內的設備簡陋，連泉源也因爲原因不明的阻塞而變得混濁不清甚至沒熱水可用，讓觀光客紛紛留下負評，就連長輩們也不再接近這裡，川玉澡堂變成了名義上還在營業，實際上卻已荒廢的另類廢墟。

眼看川玉澡堂已無翻身希望，當地區公所便委託遺跡之下將澡堂徹底清理，日後移作他用，至於是會重新整建，或是拆掉另起建物，浩偉就不知道了。

浩偉希望看到的，是能將川玉澡堂重新裝潢改爲餐廳或其他商店，這樣還可以保留建物的歷史價值，若是完全拆掉，那就眞的什麼都不剩了。但很可惜，主控權並不在他手上，如果川玉澡堂最後的命運眞是被拆除，浩偉也只能在這一天盡量把澡堂整理乾淨，讓它在最完美的狀態下被拆除……

「好啦，我們先把工具卸下來吧！」

浩偉拍拍手，帶著其他人開始把工具從車上卸下來，君涵的動作跟上次比起來明顯俐落許多，不知道是不是錯覺，君涵手臂上的線條看起來似乎精實了一些，可能是沛柔在台東逼著君涵做的訓練有了成果吧。

這次主要是清理澡堂的室內場地，所以車上載的都是輕便的清潔工具，如拖把、刮刀、長柄刷等等，因爲不需要割草，所以這次沒帶割草機，不知道是不是因爲這個原因，沛柔的表情看來有點悶悶不樂。東西全部卸下後，浩偉讓思航去附近的商店幫大家買飲料，暫時休息一下再開工。

趁著休息的空檔，浩偉走進澡堂，想先看看裡面的環境。前腳剛踏進去，浩偉就聞到一股悶熱的霉臭味，就像在浴室洗完熱水澡後馬上把門關起來，三天三夜不讓它通風一樣。

日本電視劇或漫畫裡出現的澡堂都會有一個櫃檯，把左右兩側劃分成男湯跟女湯，但川玉澡堂裡就只有一個空間，一進去就能夠看到浴池。浴池的地板觸感踩起來非常粗糙，凹凸不平且有各種不規則紋路，感覺澡堂是直接蓋在一個大石盤上，浴池則是直接在石盤上鑿出來的不規則五角形，空間大概最多可以容納十個大人泡澡，並不是特別大。

浴池旁邊擺著一座有數十個空格的木櫃充當置物櫃，來澡堂的人們就在木櫃旁直接脫掉衣服，從浴池中舀水把身體洗乾淨後再進入浴池裡泡澡，簡單又方便。

浩偉走到浴池旁邊，浴池內的水還有八分滿，可能是區公所的人早上來放過水吧，空氣中還能感受到池水的溫度，但是咖啡色的水質卻讓人卻步，與其說浴池裡的東西是水，不如說那是稀釋過的麥茶還比較貼切。

「哇，裡面就只有這樣而已呀？」君涵跟著走進澡堂，看到裡面簡陋的環境後忍不住驚呼。

浩偉指著浴池的邊緣，提醒君涵不要掉下去，然後說：「我查過這間澡堂的資料，一開始是爲了讓當地居民有地方洗澡才建造的，所以一切都以省事方便爲主，其他方面就沒那麼講究了。」

「只有一個浴池，那女生要去哪裡泡澡啊？」

「這裡是二十四小時營業，男女共浴的喔。」浩偉說著自己也忍不住笑出來。男女共浴雖然是男性夢寐以求的制度，不過大家都知道最後會發生什麼事，那就是來泡澡的都是男生，沒有女生。

君涵不諒解地嘟起嘴來：「這對女生太不公平了吧?到底有哪個女生會來跟男生一起擠浴池啊？」

「所以啦，這間澡堂有開放特定時間讓女性泡澡，來，我帶妳去看。」

浩偉帶著君涵來到澡堂的入口，門邊的柱子上果然貼著一張告示，上面寫著：

下午三點到六點，僅限女性沐浴。

告示牌上許多字的痕跡都已掉落，也不曉得這規定現在還有沒有持續執行。

「一天只有三個小時，這樣哪夠啊？」君涵繼續幫女生說話。

「何必生氣呢？我們是來打掃，又不是來洗澡的。」浩偉無奈地說：「還是等我們打掃完之後，妳想要在這裡泡一下澡再回家呢？」

君涵想到浴池中水質的顏色，突然覺得全身肌膚都癢了起來，馬上搖頭說：「不用了，我還是回家再洗澡吧！」

休息時間結束後，大家拿起工具開始清理澡堂，重點在於地板跟牆壁上的黴菌汙垢，因爲長期處在溼氣之中，每個汙垢都異常頑強。

「有夠噁的，這裡到底幾年沒清理過了啊？」

思航將長柄刷用力在地板上戳來戳去，被他刷過的地板顏色幾乎煥然一新，在汙垢之下可以看到石盤美麗的紋路跟光澤，等到全部清理乾淨，川玉澡堂很有可能轉變成充滿歷史風味的漂亮建築，但能不能活用這棟建築，就要看公家部門有沒有心了。

澡堂的髒汙清理起來雖然累人，但比起上次在台東神社砍樹枝、搬樹枝，浩偉認爲這次的工作已經算是很輕鬆了。清理工作進行到下午三點時，澡堂的地板、牆壁都已經清潔完畢，褪去髒汙後的川玉澡堂並不輸給外面的觀光澡堂，只要多一點用心，這間澡堂還是有機會吸引人潮的。

目前只剩最後一個階段的工作，那就是放掉水，把浴池清理乾淨後就可以收工了。但就在浩偉準備在浴池中尋找排水孔的拉繩把水放掉時，澡堂門口來了一位不速之客。

「現在不能進去玩了嗎？」一個小女孩捧著臉盆站在門口，用失望的表情看著澡堂裡的每個人。

小女孩看上去大概只有八、九歲，身上穿著一套款式特殊，有點像浴袍的洋裝，模樣十分可愛，手上捧著的臉盆裡還有一個塑膠袋，裝著衣物、毛巾之類的東西。

「妹妹妳是來洗澡的嗎？」浩偉從浴池旁邊退開來，跟其他人一起用驚奇的眼光看著這位突然出現的小女孩，沒想到竟然眞的有人會來這裡洗澡。

「對呀，現在不是只有女生可以進來嗎？叔叔你們在這裡幹嘛？」小女孩的手往外面指去，雖然看不到，但浩偉知道她是在指外面那塊規定女性沐浴時間的告示牌。

「我們正在打掃呀，因爲今天是澡堂最後一天營業，明天就要關門了喔！」浩偉往小女孩走近，並蹲下來讓視線跟小女孩同高，「妳常常過來這裡洗澡嗎？」

「嗯，媽媽以前都會帶我過來玩水，但是她生病了，我只好自己來。」小女孩踮起腳尖伸長脖子，視線越過浩偉看向浴池，又說了一次：「所以現在不能進去玩了嗎……」

「這個嘛……」

浩偉轉過頭，想看看其他人有什麼建議，因爲清潔工作現在只剩最後一步了，若是讓小女孩進來泡澡，一定會拖延到時間。不過澡堂在明天才會正式關閉，而且大家都不想看到小女孩失望的樣子，從眼神中獲得共識後，浩偉把頭轉回去，對小女孩說：「沒關係，妳還是可以進來玩，不過這是最後一天了喔，等一下我們會先出去外面，等妳玩完我們再進來整理，好嗎？」

一聽到又可以玩水，小女孩的臉上馬上綻放出笑容，用力點頭說好。

把工具先暫時放著後，遺跡之下的成員們來到澡堂外面，讓小女孩留在裡面獨自享受玩水的樂趣。

每個人沿著矮牆或站或靠稍作休息，耳邊同時還可以聽到小女孩在澡堂內發出的水聲。讓小女孩開心是一件好事，但思航還是雙手插腰，用訓斥的口吻說：「她的家人也真大膽，就這樣讓一個小女孩來公共澡堂玩，如果遇到壞人就糟了。」

「應該沒關係啦，這種小村鎮的居民都彼此認識，應該不會出太大問題。」綱豪說：「而且看她的樣子，應該是從小就習慣來這裡玩了吧，等她長大回想起來，應該會很感謝我們這些叔叔阿姨讓她進去，留下最後一天美好的回憶吧！」

此話一出口，沛柔跟君涵的眼神馬上冷冷瞪過去：「你說誰阿姨呀？」

「沒有啦，是大哥哥跟大姐姐啦，唉喔……」自知說錯話的綱豪吐著舌頭，同時躲到廂型車後面以防被沛柔追打。

等待的這段時間，浩偉五個人輪流跑到附近的冰店吃冰，等最後一組吃冰的人回來，還是沒看到小女孩從裡面出來，算算時間，小女孩已經獨自待在澡堂裡超過三十分鐘了。

浩偉怕時間越拖越久，正在考慮要不要請君涵或沛柔進去裡面催小女孩時，他發現了一件不尋常的事情。

原本一直還能聽到的聲音，現在卻聽不到了。

浩偉擔心是自己的錯覺，便問其他人：「你們還有聽到小女孩在裡面玩水的聲音嗎？」

「咦？」

每個人第一時間的反應證實了浩偉的疑惑，小女孩玩水的聲音不知道什麼時候開始從大家的耳邊消失了。

「君涵，沛柔，妳們進去看看好嗎？」浩偉對兩人說，君涵跟沛柔馬上答應，兩人一起走進澡堂，很快就又出來了。

「她不在裡面了。」沛柔緊繃著一張臉，說：「浴池裡也沒有人，她不見了。」

「怎麼會？」浩偉的肩膀震動了一下，無法理解這個結果。他們從頭到尾都在外面等小女孩出來，就算去吃冰，也至少會在這邊留下兩個人守候，小女孩不可能憑空從澡堂消失啊！

「有人看到她從裡面出來嗎？」

浩偉輪流問著，但每個人都一致回答沒有，澡堂內也沒有後門或其他出口，這點在清理澡堂的時候就已經確認過了。

「啊……該不會……是在浴池裡面……」綱豪這時突然像是想到什麼，拔足往澡堂衝了進去。

浩偉很快就從綱豪所說的話猜到他想什麼，那就是小女孩會不會發生了溺水之類的意外，現在人還在浴池裡面？畢竟浴池的水混雜著咖啡色，從外面根本看不到浴池裡有什麼東西。

等浩偉跟其他人跑進澡堂的時候，綱豪整個人已經泡到浴池裡了。顧不得身上的衣服跟褲子會被浸溼，綱豪在浴池中把身體蹲下，水面上只露出頭部跟肩膀，雙手像摸索地雷般左右來回移動，試著尋找小女孩。

其他人站在浴池外，每個人都提心吊膽地緊盯著綱豪的每個動作，深怕最不願發生的可能就在下一秒發生。

突然，綱豪停下了動作，他緩緩轉過頭，用僵硬的聲音對其他人說：「我好像摸到頭髮了……」

浩偉感覺心中一涼，君涵更是摀住嘴巴發出「呀」一聲短叫，最糟糕的事情果然發生了。但綱豪的話還沒說完，他皺起眉頭繼續說：「不過感覺有點奇怪，這頭髮好像是從浴池裡長出來的，就像嵌在岩壁上一樣……」

「那小女孩呢？」浩偉急著問，先不管那頭髮是從哪裡長出來的，重點還是小女孩的安危。

「不在這裡面，我把池底都摸遍了，沒找到人。」

綱豪說的話讓大家的心情一下從恐懼的最高點瞬間降下，每個人都鬆了口氣。擦著額頭的冷汗，浩偉吐出一口氣說：「豪哥，你往右邊那個角落摸摸看，應該會摸到排水孔的蓋子，你先把水放掉。」

綱豪在角落找了一下，接著啪地一聲，浴池中出現陣陣氣泡，代表池水正在洩出，綱豪也先從浴池裡走出來，等池水全部排掉。

浩偉沒想到的是，綱豪跳下浴池的時候，手機跟皮夾竟然都還在身上，只見他一邊把身上的東西拿到乾燥一點的地方，一邊唸道：「這次慘了啦，我手機沒防水，皮夾裡面還有三千塊說……」

浩偉傻眼之際，心裡其實是尊敬綱豪的，沒想到他靠著一個還不確定的可能性就跳入浴池救人，這股傻勁跟衝動是團隊裡沒人能比的。

「手機跟錢都還可以補救，重點是你不要感冒了。」浩偉問了綱豪的衣服尺寸後，塞了一千元給思航，請他去附近的服飾店買一套衣服讓綱豪換穿。

浴池排水的速度比想像中快，所有的水不到五分鐘就全部排掉了，池底下的情況終於展現在眼前。

「我的媽呀！」浩偉看了池底的狀況不禁咋舌：「這到底是浴池還是許願池啊？」

雖然區公所的人會固定來這邊換水，不過很明顯他們只負責排水跟放水而已，浴池內的環境他們一概不管。久未清理的池底除了青苔跟無法形容的髒汙外，還有許多從外面吹進來的樹葉，甚至有好幾枚硬幣零零落落掉在池底各處。

「啊，頭髮在那邊！」全身還溼漉漉的綱豪用手指著，果然看到有幾縷髮絲從浴池石壁的一個轉角冒出。

浩偉跳下浴池，走到那個轉角觀察一下，然後伸出手把連著頭髮的物體拔了出來。

「那個轉角有個石縫，剛剛就是這東西卡在裡面。」浩偉走到浴池外把手中的物體拿給大家看，其他人圍在浩偉身邊，一起觀察物體的真面目。它不知道已經在池水裡浸泡了多久，完全看不出原本的顏色，但是從外觀跟形狀來分辨，還是可以看出，那是一個穿著和服的人形娃娃。

娃娃的造型十分袖珍，長度大概只有五公分，剛好平躺在浩偉的手掌上，身上的和服在池水長久浸泡下已經變成黑綠交雜的顏色，只能勉強看出和服的款式，臉部的塗料也已褪色並被大片青苔攻占，看不到原本的五官了。更慘的是娃娃頭上的長髮，只剩下三分之一左右還留著，用比較本土的方式來形容的話，可以說這顆頭像是被狗啃過一樣。

「豪哥你剛剛在水底下摸到的，就是它的頭髮吧？」浩偉用手指捏起娃娃的長髮，有幾根頭髮因此纏繞在浩偉的指關節上，傳來的觸感除了詭異，沒有其他言語可以形容了。一般娃娃的頭髮都是用人工纖維做的，材質比較粗糙，泡水的觸感也很不自然，但現在從浩偉手中傳來的髮絲柔韌度就跟一般人類的頭髮無異。浩偉覺得一陣噁心，很快就把娃娃的頭髮從手中放掉。

「嗯……我想應該就是它了吧！」綱豪低頭仔細審視浩偉手心的娃娃，近到鼻尖只差幾公分就要碰到了，然後充滿疑惑發問：「這到底是什麼東西呀？」

君涵說：「以它的大小跟關節來看，這應該是幼子人形吧！」

浩偉跟綱豪都是第一個聽到這個名詞，同時說出：「幼子人形？」

「喔，那是日本人形娃娃的一種啦！人形娃娃通常都由專業師傅製作，價格很昂貴，不過幼子人形因爲製作的方式比較簡單，所以價格也相對便宜，特色就是像這樣，很小一個。」君涵進一步解釋。

浩偉對於人形娃娃的印象，就是日本人在女兒節的時候陳列出來那種相當氣派的娃娃，沒想到還有這麼小巧的。

「這是什麼娃娃並不重要吧！重要的是那小女孩到底去哪裡了？」沛柔這時的一句話提醒了每個人，他們不是來研究這個娃娃的，而是來找那名女孩的。

浴池見底後可以確定一件事情，就是那名小女孩已經不在澡堂了，除非澡堂內藏著只有她知道的暗門或秘密通道，但浩偉等人把澡堂又搜了一次，並沒有發現類似的通道。最後，每個人都在心裡自我妥協了一個理由來合理化小女孩的消失，那就是，她剛好趁沒人注意的時候從門口偷偷離開了。

儘管大家都知道這種可能性微乎其微，但人在遇到不合理的情況時，總得想出一個合理的解釋來讓自己好受一點。至於在浴池中撿到的人形娃娃，浩偉決定把它丟到垃圾袋裡，區公所的人明天就會過來把垃圾全部收走。

綱豪卻在這時叫住了浩偉：「浩偉，那個娃娃能再讓我看一下嗎？」

已經走到垃圾袋旁邊的浩偉停下腳步，回頭問：「怎麼啦？」

「沒什麼，我只是覺得……」綱豪指著娃娃身上的和服，說：「雖然它身上穿的是和服，可是你不覺得看起來跟那個小女孩穿的浴袍很像嗎？」

「喔，是嗎？」浩偉二話不說，手往旁邊一甩，直接把娃娃丟到垃圾袋裡。

綱豪被浩偉突然的動作嚇得瞪大了眼睛：「欸！你眞的就這樣丟掉了……」

「豪哥你忘啦？廢墟或遺跡裡的物品絕對不能擅自帶回家，這是基本守則。」

「我當然記得，我只是覺得，那個小女孩跟娃娃之間說不定……」

「好了，別再說了。」浩偉兩手比出丁字型的暫停手勢，讓綱豪暫時閉上了嘴巴。

「我知道你想說什麼，但今天的工作只剩最後一個步驟，我們不要節外生枝，快點把工作完成就好了。」浩偉說道。

其實當浩偉把娃娃從浴池裡拿出來的時候，就注意到這一點了，娃娃穿著的和服跟小女孩身上的浴袍有種說不出來的相似，仔細看臉部的話，甚至會覺得就連臉孔輪廓也有點相像……不過歷經上次在台東的恐怖事件，浩偉不想再讓遺跡之下陷入類似的困境，爲了保護所有成員，遇到無法用常理解釋的事情還是不要過度干涉比較好。

來得好不如來得巧，去買衣服的思航這時剛好回來，綱豪回車上換好衣服後，所有人集中火力一起清理浴池，沒有人再提起消失的小女孩跟人形娃娃的事情，小女孩彷彿從來沒出現過。

╳ 卍 ╳

出發前，大家早就一致決定好工作結束後要去吃的美食了，那是當地一間相當有名的甕窯雞。

從被居民遺忘的沒落澡堂來到人聲鼎沸的甕窯雞店，氣氛的轉變讓浩偉一行人忘了剛才在澡堂發生的事情，熱騰騰的雞肉香氣趕走了每個人身上殘留的霉味跟溼氣，大家戴上手套大快朵頤，盡情享受一天辛苦工作後的美食。

用完餐離開甕窯雞店的時候，時間已經接近晚上七點，在走回停車場的路上，浩偉拿出手機查了一下路程，現在出發的話，十點之前就可以回到台中了。收起手機抬起頭，綱豪的廂型車就在眼前，浩偉卻在這時突然停下了腳步。

走在後面的綱豪原本正在模仿隔壁桌一位大媽撕雞肉時的滑稽模樣，另外三個人則被他逗得哈哈大笑，浩偉猛然停下腳步，綱豪差點直接撞上去。

「哇！浩偉，幹嘛突然停下來？」綱豪在快撞到浩偉的時候踩下剎車，其他人也跟著停了下來。

浩偉慢慢轉過身來，像在確認人數般，用手指一一點著每個人，嘴上一邊數著：「一、二、三、四、五……」數到最後一聲「五」的時候，浩偉把手指向自己的胸前，代表他就是第五個人。

浩偉奇怪的舉動讓大家有看沒有懂，思航問：「我們就五個人沒錯呀，怎麼啦？」

「我只是在確認有沒有人先跑回去車上。」

「我們不是一直都待在一起嗎？再說，車鑰匙還在我這裡耶，怎麼可能有人先跑回去？」綱豪把車鑰匙從口袋裡拿出來晃了一下。

「這樣的話……」浩偉僵硬地轉動脖子，把視線移回廂型車上：「那現在在車上的那個人是誰？」

其他人順著浩偉的眼神看向廂型車，路燈跟甕窯雞店的燈光直接穿透車窗，清楚照到了車內的物體。一個灰暗的人影在後座車窗上顯現出來，像個被反射出來的灰影子，顏色雖然不明顯，但輪廓非常清楚。意識到人影的存在後，每個人都再也說不出話了。

不只如此，浩偉更在第一眼看到的時候就發現了，那個人影的輪廓，就跟消失在川玉澡堂裡的小女孩一模一樣……果然有問題，而且還跟到他們車上來了。

對影像特別敏銳的思航也注意到了這點，他幾乎是憋著氣在說話：「那是在澡堂裡消失的小女孩嗎……她怎麼會在我們車上？」

「只有兩種可能。」浩偉輪流盯著每一個人，問：「你們有從澡堂那邊把什麼不應該拿走的東西帶到車上嗎？或是在那邊做了不該做的事情？」

在遺跡或廢墟裡的東西不能擅自帶走，一方面是出於尊重，另一方面則是預防引發怪事。至於不該做的事情有哪些，範圍可廣了，舉凡在遺跡裡隨地大小便、出口不遜、在牆上做記號等等，都會惹禍上身。

浩偉一把問題拋出來，犯人馬上就現形了。

綱豪閃躲的眼神以及緊抓著口袋的手已經出賣了他，浩偉知道綱豪是個老實人，說了謊就藏不住，只要稍微給點壓力，他馬上就會說出實話。

浩偉把眼神停留在綱豪身上，嚴厲地問：「豪哥，你有話想說嗎？」

「我……」綱豪整個人劇烈地抖了一下。

其他三人也把視線集中在綱豪臉上，突然變成眾矢之的的綱豪低下頭來，小小聲地說：「那個……我把它拿到車上了，對不起啦。」

「把什麼東西拿到車上了!?」

「就是那個啊，後來在浴池裡面找到的那個娃娃……」綱豪稍微把頭抬起來，心虛地觀察著其他人的反應。

除了浩偉依舊嚴厲瞪著綱豪之外，其他人都是一副「敗給你了」的無奈表情。

「應該跟你講過好幾次規定了吧？遺跡跟廢墟裡的東西，不能……」浩偉感覺自己變成了以前最討厭的那種老師，當他正要再一次重複規定時，綱豪把頭抬起來，打斷了浩偉的說話。

「我沒有辦法啊……不管是小女孩或是那個娃娃，都讓我想到我的女兒，我沒辦法把她們丟在那裡啊！」

綱豪的話讓現場的氣氛再次凍結起來，浩偉覺得剛剛才吃下去那些熱騰騰香噴噴的雞肉，現在在肚子裡全變成了冰塊，他不知道到底哪件事對他來說比較震撼，是綱豪對那個娃娃有了感情？或是綱豪竟然有女兒？

其他人也受到了同樣的震撼，思航用手戳了一下綱豪，小心翼翼地問：「欸，豪哥，你有女兒啊？」

「有過，曾經有過。」綱豪完全不看思航，而是像要遞上挑戰書似地，直接對上浩偉的眼神，雙眼幾乎要迸出火花來：「我知道我違反規則，把不該帶走的東西帶走了，但是我真的沒辦法看著她被裝在垃圾袋裡丟掉，我不想要再有那種感覺了……」

綱豪說話的同時，他的情緒也同時從眼神及話語中湧出，那是種歷經創傷，已經不想再被傷害的脆弱情緒。自從加入遺跡之下以來，綱豪一直都是個樂天派的搞笑大叔，不管維護遺跡的工作多麼辛苦、車程多麼遙遠，他都可以維持笑容替大家服務。但浩偉可以感覺到，現在的綱豪已經完全變了一個人，澡堂的女孩跟人形娃娃引爆了埋設在綱豪心中許久的情緒炸彈，讓他把之前刻意裝出的笑臉徹底卸下，變回了真正的他。

「浩偉，對不起，我不知道那個娃娃，或那個女孩想要做什麼，但我相信她不會害我們的。」綱豪說完後開始往前走，他側身閃過站在原地的浩偉，筆直往廂型車走去，看來是打算先上車再說。

車門發出啪嗞一聲，綱豪坐上駕駛座發動車子，後座的小女孩黑影在車子發動後依然存在，沒有離開。綱豪放下車窗，對其他人喊道：「如果你們不上車的話，我就要先走了喔！」

沛柔走到浩偉身邊，聲音不帶感情地問道：「這下怎麼辦？」

思航跟君涵也一起走上前，他們兩個現在也拿不定主意，只能等浩偉的決定。

「還能怎麼辦？要是沒綱豪的車，我們就要自己想辦法回台中了……」浩偉摸摸鼻子，嘆口氣說：「雖然我對綱豪擅自把遺跡裡的東西拿走，還是覺得有點生氣，不過綱豪似乎有自己的苦衷，我想這次就挺他一下吧！」

「喔。」沛柔簡單回應了一聲，浩偉知道這是她表示贊同的意思。

「我還是第一次看到豪哥快哭出來的樣子，我們快點上車去陪他好不好？」已經跟綱豪情同兄弟的思航也沒有異議，只想快點回到車上支持他。

最後只剩下君涵了，只見君涵皺著眉頭，思考著說：「我覺得我們應該先聽聽看那個娃娃想跟我們說什麼吧……」

「妳是指娃娃有話想對我們說嗎？」

君涵繼續說道：「嗯，日本人形娃娃或多或少都有一點靈性，所以日本人會把用不到的娃娃拿去寺院或神社祭拜，以防被鬼魂作祟，日本不是有個很有名的，每年頭髮都會自動增長的『阿菊人形』嗎？她就是最好的例子。」

一提到頭髮這個詞，浩偉就想到把娃娃從浴池裡拿出來時手指被纏繞住的感覺，那種觸感完全就是人類的頭髮，既眞實又噁心。不過既然有了共識，浩偉覺得也不用再多說什麼，領著其他三人直接往廂型車走去。

綱豪這時突然連續踩了好幾下油門，作勢要把車開走，但浩偉知道他只是虛張聲勢，絕對不會丟下夥伴的。

思航一樣坐上副駕駛座，浩偉、君涵跟沛柔分別坐到後座屬於自己的位置。上車一看，那個灰黑色的小女孩人影原來是站在駕駛座跟副駕駛座的中間，背對後座，面對著正前方的擋風玻璃，身高跟車子內的高度只差五公分，整個人看起來像是用投影機放出來的，有點立體投影的視覺效果。

看到所有人都上車了，綱豪小聲地吐出一句：「謝謝你們。」

「看我們能幫她什麼，其他的回去再說吧！」浩偉一方面是在跟綱豪說話，一方面也是在跟娃娃對話，要她快點表明來意。

只見小女孩平舉起右手，指向前方的道路。

「妳是在指路，想要我們載妳去其他地方嗎？」君涵問。

小女孩的頭部往下點了一下，綱豪這時已經開始切換檔速，把廂型車開到路上，雖然路面頗為顛簸，但小女孩的影子仍在車上站得好好的。開沒幾公尺遇到一個路口，小女孩的手突然往右邊指去，綱豪也跟著轉動方向盤向右轉。果然沒錯，她想要讓我們帶她去一個地方，但那會是哪裡？依目前的路線來看，跟川玉澡堂是完全相反的方向啊……懷疑、恐懼、好奇等等情緒在眾人的心中交互融合，每個人都是既害怕又想知道眞相。

廂型車隨著女孩的手勢前往某個未知的目的地，浩偉則是拿出手機，開始查詢剛才君涵提到的「阿菊人形」娃娃。

阿菊人形的故事發生在西元一九一八年，一位名為菊子的兩歲女孩從家人那邊得到了一個身穿和服的人偶娃娃，菊子非常疼愛這個娃娃，不管做什麼事都會抱著娃娃一起，幾乎把她當成妹妹看待。但隔年，三歲的菊子卻不幸染病過世，家人將菊子的遺骨跟人偶裝在箱子裡放到寺廟寄放，當幾年後再次打開箱子時，竟發現人偶的頭髮變長了，連臉部的輪廓也跟菊子越來越像，家人們認為菊子的靈魂附在人偶之上，便將人偶寄放在北海道的萬念寺。此後雖然阿菊人形的頭髮已經不再增長，但仍然是日本歷史上公認最恐怖的人形。

有靈魂附在上面嗎……浩偉看完相關資料後，眼睛偷偷瞄向小女孩的人影，心裡喃喃唸道，難道也有靈魂附在這個娃娃上面嗎？

×　卍　×

廂型車最後停下來的地方，是在一棟民宅的前面。

在快開到民宅門口的時候，小女孩的手突然往正下方一指，綱豪馬上踩下剎車，回頭問：「要我停在這裡嗎？」

答案顯而易見，因為小女孩的人影已經從車上消失不見，浩偉甚至沒意識到她是如何消失的。

「應該就是這裡了吧，她想要我們帶她去那間屋子。」君涵把臉往車窗上貼，看向那間民宅，那是在鄉下農村隨處可見的平房建築，因為周遭的土地寬廣，所以蓋得特別大，不過大並不等於豪宅，眼前這棟平房在視覺上給人的感覺就是一種純樸簡單的踏實感，這並不是一間炫富的豪宅，而是主人在這塊土地上努力蓋起來，供家人居住的房子。

其他人也都靠向車窗，打量著眼前的房子，屋內的燈還是亮的，透過窗簾可以看到幾個人影在晃動，看得出來屋內不只一個人。

綱豪把放在後座的背包打開，從裡面拿出一捆抹布。那捆抹布原本是清理澡堂時用的，想必綱豪就是把娃娃包在這裡面。

「豪哥，你要直接帶著娃娃去敲門是嗎？」浩偉盯著綱豪問道。

「嗯，她要我把車開到這裡一定有原因，我想直接過去問清楚。」

浩偉嘆了口氣，右手突如其然地把綱豪手中那捆抹布拿走，並率先打開車門下了車。

綱豪錯愕了一下，回過神後馬上跟著下車，其他人也陸續從車上跳下來，看浩偉到底想做什麼。

「我是團長，應該由我去敲門才對。」浩偉用手把抹布一一剝開，露出了被包在裡面的娃娃，說道：「再說，你眞的知道該怎麼跟人家解釋這一切嗎？搞不好對方開門一看到你就跑去報警了。」

「唉呀……這個……」綱豪歪著一邊頭，想反駁卻又找不到藉口。

「等一下就交給我處理，你只要站在我後面就好了。」

不等綱豪回話，浩偉已經開始往民宅的門口走去，綱豪卻還傻傻站在原地，直到思航從後面推了他一下，說：「老大都決定挺你到底了，還不快走？」綱豪這才反應過來，匆忙追上浩偉的腳步。

一行五個人在民宅門口前停下腳步後，浩偉伸手按下電鈴，同時不禁好奇，屋裡的人看到這樣一群奇怪的陌生隊伍站在自家門口時，會有什麼反應？

屋內傳來開門的聲音，當站在門後的矮小身影隨著門的開啓而完全展現在浩偉等人的眼前時，每個人都屏住了呼吸，因爲從澡堂裡消失的那個小女孩，此刻就站在他們面前。

浩偉不敢相信自己的眼睛，眨了眼睛再看一次，才發現開門的小女孩只是在五官的神韻上很像那名消失的小女孩，兩者並不是同一個人。

小女孩身上穿著卡通圖樣的衣服，她一手拉著門把，一邊問道：「叔叔，你們要找誰？」

在不知道訪客是誰的情況下，敢讓年幼的小女孩自己跑來開門，應該只有純樸的鄉下可以這麼做了吧！

浩偉問：「妹妹，家裡有大人在嗎？」

「嗯，媽媽在廚房裡面。」

「可以請她來一下嗎？叔叔有事情要找她。」

小女孩「喔」了一聲，直接放開門把往屋內跑去，幾句對話聲從客廳傳了出來。

「是養豬阿伯來拿廚餘嗎？」應該是媽媽的聲音問道。

小女孩的聲音回道：「不是，是好幾個不認識的叔叔跟阿姨。」

浩偉這時感覺到背後傳來一股涼意，肯定是從君涵跟沛柔兩個人身上散發出來的。

「不認識的人？他們有說要做什麼嗎？」

「不知道，那個叔叔說有事情要找妳。」

小女孩說完這句話後，屋子裡便傳來室內拖鞋走動的聲音，隨著聲音越來越接近，一位女子也來到了門口。

女子的身上穿著圍裙，手上還套著乳膠手套，看得出來她剛剛是在廚房裡清洗晚餐的餐具。一看到他們，女子臉上並沒有警戒的表情，反而一邊把乳膠手套從手上除下來，一邊露出友善的笑容說：「請問可以幫什麼忙嗎？」

「妳好，我們是遺跡之下的團隊。」浩偉朝女子微微點頭，女子不自覺皺了一下眉，看來她從沒聽過遺跡之下這個名字。

「要介紹我們是個怎樣的團隊需要花一點時間，所以我先說重點好了，我們今天撿到了這個，想請妳看一下。」

浩偉把娃娃從抹布裡拿出來放在手心，然後朝女子伸過去。

女子看到娃娃的那一刻，臉上的笑容頓時變了樣，原本揚起的兩邊嘴角也慢慢垂了下來。她把拿下來的手套夾在腋下，雙手就像捧著精品珠寶般，小心翼翼地從浩偉手中接過娃娃，然後什麼話也不說地盯著娃娃看。

看來我們沒找錯人，浩偉想著，從女子的反應來判斷，她跟這娃娃之間一定有某種關係存在。

「你們是在哪裡找到她的？」女子的眼神終於離開娃娃，看著浩偉一行人。

「這個嘛……」由於是站在門口說話，所以浩偉盡量用最簡單的方式把遺跡之下的任務以及今天清理澡堂的經過都告訴女子，包括那名消失的小女孩，以及出現在車上的黑影等等，浩偉全盤托出，沒有保留。

女子在聆聽的過程中一直把娃娃捧在手上，眼神還時不時瞄向娃娃，那憐愛的模樣就像看著自己的孩子。

浩偉說完，女子用手指輕輕點了一下娃娃的臉，說：「原來妳一直沒有忘記我呀……」

接著女子看向浩偉，微笑著說：「我之前就聽阿嬤說日本的人形娃娃都是有靈魂的，沒想到是眞的呢！」

「所以這個娃娃，眞的是妳的嗎？」

「是的，雖然她的樣子變了很多，但她確實是理奈沒錯，謝謝你們幫我把她找回來。」

女子口中的理奈想必就是娃娃的名字了，浩偉摸摸鼻子說：「是她指引我們把她帶來這裡的，我們其實沒做什麼……可以跟妳請教一下理奈的事嗎？我們今天遇到蠻多事情的，如果妳不介意的話，我們想知道這是怎麼一回事。」

「啊，對不起，你跟我解釋了這麼多，我卻還沒介紹自己的事情。」

女子像是擔心女兒會從家裡跑出來，又或像是怕被偷聽到似地，反手把門關了起來，說道：「我們家族從很久之前就住在這裡了，只是那個時候的房子很簡陋，是最陽春的木造平房，連個浴室都沒有，平常都是阿嬤帶我去川玉澡堂洗澡，我的阿公阿嬤都是受日本教育的，他們覺得到澡堂洗澡是很正常的事情，是後來台灣的經濟好轉，家族也賺到錢之後，才把房子整建並加裝浴室，有了浴室之後，阿公阿嬤他們去澡堂的頻率就減少了，我在那之後也沒再去過川玉澡堂了……」

浩偉邊聽邊點頭，在每戶人家都擁有自己的浴室後，澡堂文化逐漸走向沒落，這點就連在日本也是同樣的情況。

「理奈是阿嬤在我小時候送給我的，那個時候在這種鄉下沒什麼玩具，娃娃就是最好的朋友了，我走到哪裡都帶著理奈，就連到澡堂裡也是，不過因爲理奈碰到水會髒掉，所以我總是把她放在衣櫃坐好，讓她面對浴池看我玩水。」

女子伸手摸摸手心裡的理奈，儘管理奈身上的和服滿是髒汙，女子卻絲毫不在意。

「不過有一次我洗完澡準備穿衣服要走的時候，卻發現理奈不在衣櫃裡，我焦急地要阿嬤跟我一起找理奈，可是我們找遍了整個澡堂都找不到她，當時有一位阿姨說：『理奈可能想跟妳一起玩水，所以偷偷跑進浴池裡了，阿姨潛水幫妳找喔！』可是這個阿姨在浴池裡潛下浮上好幾次，也找不到理奈……」

「看來那個阿姨說的可能是眞的，理奈想下水跟妳玩，偷偷跑到浴池裡，卻不小心被卡在石縫，所以才會怎麼樣都找不到。」浩偉邊說邊指著後面的綱豪，說：「多虧那位大哥，是他在浴池裡摸到理奈的頭髮，我們才能找到她的。」

女子順著浩偉的手看過去，對綱豪感激地點頭致意。

理奈被困在石縫裡的時候，應該是連頭髮都被壓住了，直到時間久了，部分的頭髮開始脫落、漂出石縫，綱豪才能摸到頭髮、發現理奈。

「理奈剛不見的時候，我每天都哭得很難過，最後甚至還生了一場大病，好幾個月都沒辦法出門。阿嬤那個時候總是安慰我：『娃娃是有靈魂的，理奈一定會回來的。』謝謝你們，過了這麼多年，她終於回來了……」

女子說完對浩偉等人愼重地行了一個鞠躬禮，讓浩偉顯得有點難爲情，綱豪更紅著臉開始抓頭。

× 卍 ×

把理奈送回家的路程耗了不少時間，原本預計十點前到家的計畫也泡湯了，現在可能要到午夜才能回到台中了。即使如此，每個人在回程的車上都沒有一絲抱怨，大家的臉上都露著笑容，彷彿今天一整天的工作就是爲了見證剛才那一刻，一切都値得了。

在離開之前，浩偉問女子對理奈有什麼打算？

女子回答：「我會找專業的日本人偶師傅幫忙，先把理奈恢復成原來的樣子之後再交給我女兒，並把這段故事告訴她，讓她知道理奈是有靈魂的。」

人偶娃娃有靈魂存在……若不是今天的經歷，浩偉對這種事也只是半信半疑而已。但浩偉想了一下，他之所以會組成遺跡之下，不就是因爲他相信每棟建築都是活著的嗎？跟他的信念比起來，人偶有靈魂這件事好像也就不這麼奇怪了。

車上的氣氛雖然融洽，但在空氣中還是混雜了一點尷尬，其原因就是綱豪在不久前提到過的，關於他女兒的事情。綱豪竟然有女兒，這是其他團員從未想過的事，浩偉一直以爲綱豪是個生活圈狹小，沒什麼朋友的人，才會來遺跡之下交朋友混時間。今天發生的事情徹底改變了他對綱豪的看法，雖然綱豪現在只是專心開著車子，沒有再提到跟女兒有關的事，但他脫口而出的那句話，其實早已透露出不少線索。

那句話一直在浩偉的腦中打轉，加上綱豪用「曾經有過」來形容女兒的存在，可以推測他女兒現在已經不在了，想必是這個悲劇讓綱豪把遺跡之下當成避風港，藉由這裡的工作跟朋友來切斷以前的記憶。

人跟建築一樣，都是有故事的。

廂型車開上高速公路之後，思航跟君涵累得歪著頭各自睡著了，沛柔也雙手抱胸低著頭閉目養神。浩偉從後座看著開車的綱豪，感覺綱豪的肩膀突然變得好寬，可是又好空。

「浩偉，你不問我嗎？」綱豪像是察覺到車上只剩浩偉還醒著，突然冷不防地問道。

「問什麼？」浩偉刻意裝作聽不懂。

「問有關我女兒的事情呀！」綱豪抽了一下鼻子，似乎對這件事感到有點難以啓齒，「知道我這種人也有女兒後，你應該嚇了一跳吧？」

「什麼叫『你這種人』啊？千萬不要這樣想啊！」浩偉從駕駛座的椅背跳起，槌了綱豪一拳，「你會是個好爸爸，一定的。」

綱豪露出難為情的笑容，接著用後照鏡看向後座睡得正熟的君涵，喃喃道：「要是她現在還在的話，應該只比君涵小個一兩歲吧……」

「……她最後發生了什麼事？」

浩偉原本不想問的，但綱豪現在的言詞就像在期待著浩偉詢問，或許他正需要有人推這一把，這樣他才能盡情傾訴壓抑已久的心情。

「警察是在一棟廢墟裡找到她的，」綱豪的手仍平穩地放在方向盤上，但聲音卻嚴重走音且帶著哭腔，完全不像平常的他。「她的身體被包在垃圾袋裡面，像沒人要的垃圾一樣，被堆在瓦礫之下……」

浩偉頓時想起了綱豪堅持要留下那個娃娃時說過的話：「但是我真的沒辦法看著她被裝在垃圾袋裡丟掉，我不想要再有那種感覺了……」

原來，這句話所蘊藏的，竟是這樣的悲劇……

「警察說，凶手把她帶到廢墟裡的時候，她還活著。」聽得出來綱豪正努力咬緊牙關，拚命忍住想痛苦大叫的情緒：「那棟廢墟明明就在我們家附近的，要是我一開始有進去找的話……要是每個人都多注意一下的話……」

浩偉擔心綱豪的行車安全受到情緒的影響，趕緊叫住：「豪哥，我懂，這麼多年你辛苦了，你要不要先把車停在旁邊休息一下？」

「抱歉，我沒事，講出來就好了，沒事……」綱豪深吸了一口氣，重新把方向盤握好，挺直了腰脊，恢復了平靜的語調，說：「這些事情，我希望只有你知道就好，不要告訴其他人，好嗎？」

「放心，我會保密的。」浩偉透過後照鏡對綱豪用力點頭。他終於懂了，爲什麼綱豪會加入遺跡之下，辛苦跑遍各大廢墟了……

突然，浩偉的手機響了起來，鈴聲把睡著的其他人都吵醒了，綱豪也慌張地把臉上殘留的淚水擦掉。

「抱歉，我接一下。」浩偉看了一下來電號碼，心裡頓時跑出問號，這個人現在打電話過來幹嘛？

「喂？文祥大哥。」浩偉接起手機。

電話那頭的正是上次在台東擔任聯絡人的文祥，浩偉明明沒開擴音，文祥熱情的原住民口音卻響徹了整個廂型車的空間。

「喂喂……是那個浩偉吧？我要打來跟你說聲謝謝啦！文化處通過一祝神社的審核了，最快年底就可以開始重建啦！」

「喔、喔，那太好了。」浩偉應付著說，比起審核通過的喜悅，他更擔憂無名神社引發的問題，畢竟上次君涵可是差點就回不來了。

像是猜到浩偉在想什麼般，文祥接著又說：「關於無名神社的事情喔，我跟村裡的人討論過了，我們會把通往無名神社的那條路徹底封住，不讓遊客跑進去，也請外面的師父來做過法了，所以不用擔心的啦！」

「嗯，那就好。」

「對了，還有啊，你不是有給我一張舊醫院的照片，叫我幫你問村裡的長輩有沒有看過嗎？我問到了啦，有一位老爺爺有印象喔，他說他年輕的時候曾經去那裡看過醫生。」

「嗄？眞的？」

這消息來得太突然了，浩偉的聲音立刻變得精神百倍，就連坐在旁邊，原本要繼續睡覺的君涵也從椅子上像觸電般挺起身來，一起聆聽這得來不易的情報。

真實存在的遺跡：

宜蘭澡堂

台灣的公共澡堂文化於一九一二年由日本總督府為了改善台灣人的洗澡習慣而引進，到目前為止，台灣約有十間免費公共澡堂仍在營業，其中新北市金山區就有六間，由於建物設備都有妥善保養，到現在還能看到金山區的民眾在下午四點，準時捧著臉盆到澡堂報到。而北投現存最古老的日式澡堂瀧乃湯，雖然改為收費，但舒適的環境與懷舊氛圍讓它依然是熱門的泡湯地點。

故事裡的川玉澡堂則以宜蘭礁溪的玉石澡堂為寫作構思樣本。如文中所述，玉石澡堂為二十四小時營業的免費澡堂，但男女入場時間不同，女性特定沐浴時間為早上四點到五點、晚上八點到九點，為了防止偷窺必須強制關燈。但因為玉石澡堂的設備較為老舊，有時甚至無法湧出熱水，除了少數當地長輩仍會前往泡澡外，幾乎看不到遊客的身影了。

第四章　為他們留一道光吧！

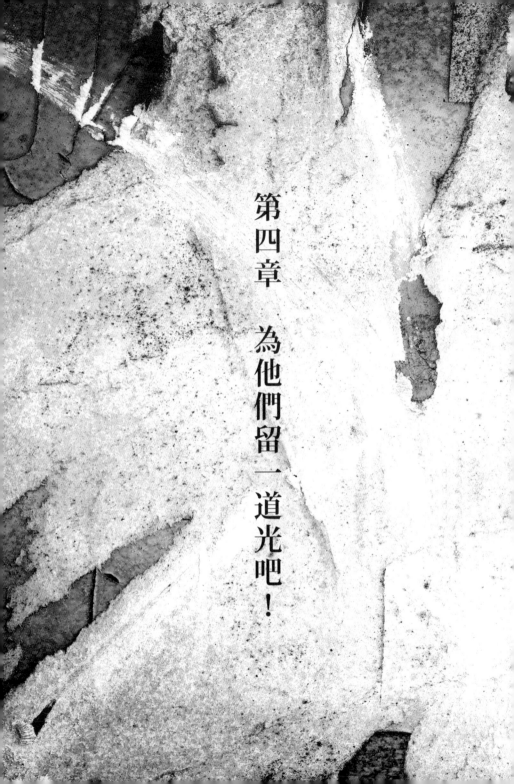

「那位爺爺說他小時候坐船去台南的時候，在船上突然發高燒，船在安平港靠岸之後，家人馬上帶他去看病，去的就是那間醫院，還好有那間醫院，當時可以說是救了他一命呢……不過詳細的地點他想不起來了，只說應該是在台南運河那一帶吧，沿著運河應該可以找得到！」

靠著文祥提供的情報，浩偉利用平日休假一天，獨自坐車來到台南，並在火車站租了輛機車，準備展開台南運河一日遊。

浩偉並沒有告訴遺跡之下的其他團員這趟台南行，儘管君涵知道阿公的醫院在台南之後，就吵著要浩偉把下次的行程改到台南，但下一個要維護的遺跡早已排定，不是說改就能改的，而且也不確定那間醫院是不是還被保留著，畢竟距離那位爺爺去看病，已經是七、八十年前的事情了啊！所以浩偉決定自己抽空來一趟，先打聽一點資訊，再看後續怎麼進行。

台南運河連接著安平港，周遭還有安平老街、億載金城等觀光勝地，即使是平日，路上還是有不少觀光人潮，其中也有許多像浩偉這樣騎著機車輕旅行的年輕人，只是他們來這裡的目的是爲了美食跟美照，浩偉卻是爲了尋找一棟日據時期的醫院。

台南運河延伸的範圍相當廣泛，但根據那位爺爺的說法，他是在靠岸後就馬上去醫院的，所以醫院的地點應該離港口不遠，浩偉決定把範圍縮小在安平港這一塊，騎機車繞遍每一條路。

雖然有衛星導航幫忙，但對不是台南人的浩偉來說，港口周遭的小巷弄還是讓他吃足了苦頭，有時才剛從一個巷子裡轉出來，曲折又相似的小巷又讓他瞬間分不清回去的路，要是一直這樣傻傻騎下去，可能騎到晚上還繞不到一半。於是浩偉改變作戰計畫，他用衛星地圖將這一帶歷史悠久的老店都標示出來，打算一間一間去問，特別是安平老街上有不少祖傳三代的店家，或許能從他們口中問出答案。

在陸續吃過白糖粿、蝦捲跟豆花之後，浩偉終於在一間冰店裡找到了答案。

吃完冰結帳的時候，浩偉拿出君涵阿公醫院的照片，向年約五十多歲的老闆詢問道：

「老闆，不好意思，請問你有看過這間房子嗎？」

幫浩偉結完帳後，老闆繼續忙著準備其他客人的冰點，一邊轉頭瞄了照片一眼，搖搖頭說：「我沒看過，你去問我爸好了。」

「喔，那請問他……」

「他坐在裡面，走進去就看到了。」老闆拿起湯杓往店內一指，就不再理會浩偉了，畢竟賺錢要緊。

浩偉往店裡看去，果然有一個老人拄著拐杖坐在最裡面的座位上，桌上還擺著一台收音機，正在播放某首浩偉認不出曲名的老歌，老人閉著眼睛，一邊用拐杖敲打節拍，頭也隨著音樂左右晃動，一副怡然自得的樣子。

其實浩偉在吃冰的時候就注意到這位老人了，但他本來以為老人也是顧客，或是沒事來這裡串門子的鄰居，沒想到他就是這間老冰店的上一代老闆。浩偉走到老人的座位旁邊，不好意思打擾老人家聽音樂，只好等收音機播到一個段落，音樂停頓下來後，才畢恭畢敬地開口說：「阿伯，不好意思打擾你一下，我正在找這間醫院，你有看過嗎？」

老人微微睜開眼睛，用慵懶的眼神看向照片，然後嘴邊露出一笑，說：「年輕人，你有病喔。」

「蛤？」

浩偉還沒聽清楚老人的意思，老人下一句馬上幫他解答了：「如果沒病，怎麼會想去醫院呀？可惜了，現在去了也沒用，那間醫院已經關門啦！」

老人幾句開玩笑的話讓浩偉士氣大振，因爲他終於找到認得這間醫院的人了。

「阿伯，你知道這間醫院在哪裡嗎？」

浩偉打開衛星地圖，請老人把醫院的位置指出來。

老人瞇著眼睛對著地圖看了很久很久，期間還要浩偉把畫面放大再放大……最後，老人指出一個位於運河河畔後段的位置，那裡並不在浩偉今天預定騎車搜索的範圍內，難怪浩偉剛剛一直找不到。

「阿伯，多謝啦！」浩偉衝出冰店跨上摩托車，準備繼續尋找醫院。

老人則是按下收音機的按鍵，繼續沉浸在他專屬的音樂裡。

君涵的阿公，小林麟一郎的醫院就位於運河後段的河畔邊，從門口就能夠一覽河景，從它旁邊延伸過去的，是一整排構造完全相同的民宅。理論上在這種排列下，這間日據時期的舊醫院應該會是相當突出的存在，但它卻好像被兩旁的民宅刻意掩護著，周遭來往的車輛、行人，完全沒有人把眼神停留在這棟建築物上。也許因為這棟建築樸素的外表，也或許是對台南民眾來說，這種富含歷史韻味的建築物本身就不是稀有的存在，大家早就習以為常了。

卍

浩偉把機車停到隔一條街之外的路口，再步行前往醫院。這也是探索廢墟的基本規則之一，以防太過顯眼而惹來不必要的麻煩，交通工具最好停在離廢墟有一段距離的地方。

雖然醫院就在眼前了，但浩偉沒有直接靠近，而是先站在對面的河畔上，隔著馬路觀察醫院的現況。他先拿出君涵提供的照片，然後再抬起頭看著正前方的醫院，來回比較著畫面上的差異。

基本上差異不大，這棟兩層樓的木造建築在經過七、八十年的風霜後，整體仍保存得非常完善，屋頂沒有缺角、門窗也沒有被破壞過的跡象，若不是大門深鎖，浩偉幾乎會以為這是一間營業中的古風咖啡館。

屋況完好應該是一件好事，但這卻讓浩偉起了疑心，要是君涵沒說錯的話，小林麟一郎在戰爭結束後就關閉醫院，到其他地方改行做生意了，其他家人也不知道醫院的位置，所以醫院照理應該處於無人管理的狀況。但一棟完全無人管理的遺跡不可能會保存得這麼好，一定會有手癢的宵小或不守規則的廢墟迷破壞進入，現在的情況反而是不尋常的。

浩偉穿過馬路，打算更近一點勘察這間醫院，等到站在門前，浩偉這才終於清楚看見照片上那模糊的匾額上寫的到底是什麼字。

小林醫院

匾額除了這四個大字外，旁邊還有一串小字寫著「內科、外科、小兒科、花柳科」等字樣，看來君涵的阿公在醫學上的專業相當廣泛。

看完匾額，浩偉把視線移到門口，第一眼就看到扣在日式拉門把手上的鎖頭，他伸出手轉了一下鎖頭，鎖得緊緊的，而且鎖頭上沒有生鏽的痕跡，代表這是最近這幾年才鎖上去的。

情況越來越不對勁了，這一切看起來，小林醫院就像是還屬於某個人一樣，而且這個人還把小林醫院防守得很好，這棟迷人的遺跡就在路邊屹立了這麼久，卻沒有任何廢墟迷來探險或勘察情報，這幾乎是完全不可能的事。

情況允許的話，浩偉本來打算先進去醫院裡偵查，但現在大門深鎖，進去醫院的計畫只好作罷了。

對廢墟迷來說，不是每棟廢墟都可以進去的，必須是在開放空間、沒有禁止進入標示，而且門完全沒鎖的情況下，這棟廢墟才能進去探險，不然就會構成違法行爲。當然，有些廢墟迷總會偷偷違規，想辦法破壞門鎖或繞過保全進入廢墟探險，但浩偉認爲這樣做只會讓廢墟迷的形象惡化，偶爾在網路上看到這種人炫耀自己又成功入侵哪些廢墟、拍到哪些照片時，他都會在留言中訓斥，雖然總是招來一頓冷嘲熱諷，但這個原則他始終堅守不變。

既然不能進去，浩偉只好在外面多拍幾張照片，準備帶回去給君涵跟其他團員看。就在浩偉拍完最後一張照片的時候，一輛警車鳴起警笛停到了他旁邊。

「是在叫我嗎？」浩偉轉頭看了一下警車，並疑惑地指著自己的胸口，他不清楚自己爲何會被鳴笛。

兩名員警從警車下來，一左一右站在浩偉旁邊，如此陣仗也吸引了周遭路人的注意，這讓浩偉感到相當不自然。站在浩偉右邊的員警雙手叉腰，質問道：「先生，請問你在這棟房子前面幹嘛？」

「喔，我在拍這間醫院的照片。」浩偉決定沉穩以對，對方問什麼，他老實回答就是了，反正自己也沒做什麼違法的事情，沒什麼好怕的。

「爲什麼要拍照？有申請過嗎？」站在左邊的員警接著問。

這問題一出來，浩偉開始覺得員警是接受到某人的命令，而刻意來刁難他的了。

「這裡是公共空間，拍照應該不需要申請吧？」浩偉收起手機，從皮夾裡掏出兩張名片分別遞給兩位員警，說：「跟兩位長官報告一下，是文化資產局請我過來拍照的，喏，這是我的名片，我是遺跡之下志工團的團長，我們工作的內容呢……」

浩偉開始滔滔不絕地跟兩名員警介紹遺跡之下，他知道要應對這些公務人員，最有效率的方法就是搬出頭銜跟政府機關，而跟遺跡之下合作最緊密的機關，就是文化部中負責古蹟管理的文化資產局，浩偉曾經請文化資產局裡熟識的職員幫他印製名片，爲的就是預防這種情況，算是終極秘密武器。

遺跡之下的工作聽在員警耳裡想必非常乏味，浩偉還說不到一半，右邊的員警就把名片還給浩偉，揮揮手說：「好啦好啦，你要拍照可以，不過這棟房子是私人財產，拍照前最好先問一下比較好，下次要記得嘿。」

浩偉懷疑自己聽錯了，這間醫院？私人財產？誰的？

兩名員警又跟浩偉告誡幾句後，就坐上警車離開了，浩偉沒有問他們小林醫院到底是誰的私人財產，因爲就算問了，員警也絕對不會透露，搞不好連他們自己也不知道。

警車離開後，浩偉的眼睛像雷達般開始掃視著附近道路以及河畔邊的每一個人，他的眼神彷彿化爲獠牙，想從這些人的臉上咬出可疑心虛的面孔。警察會來這裡盤查他只有一個原因，那就是有人報案。報案內容應該是「有人在我的私人財產附近逗留，形跡很可疑，請你們去看一下」之類的，所以浩偉才會被員警用那種態度對待。

浩偉才剛開始拍照，警察就到場了，代表對方從頭到尾都在監視著小林醫院，只要有可疑的人出現，就會通報給警方。

他是誰？躲在哪裡？浩偉不斷鎖定著附近人群的臉孔，卻找不到任何可疑的眼神。但找不到並不代表不存在，對方仍有可能躲在其他建築物，或是透過監視器繼續觀察著浩偉的一舉一動。

到底是誰躲在暗處？爲什麼要這樣嚴密監控小林醫院的動靜？一想到自己的一舉一動都在對方的掌握之中，浩偉就覺得頭皮發麻。

× 卍 ×

直到禮拜六，浩偉才在綱豪的廂型車上把他獨自到小林醫院勘查的事情告訴大家，而這時的他們正在前往這禮拜預定清理的遺跡路上。

看到浩偉拍攝的小林醫院照片，君涵幾乎停止呼吸，用敬畏的眼光仔細尋索每一張照片，以前只存在於舊照片裡的醫院，現在卻眞實出現在智慧型手機的螢幕上，這對君涵來說，就像做夢一樣。

驚喜之餘，君涵還是跟浩偉發了一下脾氣：「爲什麼你跑過去都不說一聲啊？那是我阿公的醫院耶，至少要跟我說一下……」

「老大你這樣眞的很不夠意思，至少也該找我去拍照吧？」思航幫腔。

「對呀，我可以開車載大家一起去呀，就當作順便去安平老街吃美食，也是很不錯的行程呀。」開車的綱豪也說著。

沛柔雖然沒有說話，但浩偉還是從她銳利的眼神中感受到「你這樣做眞的不對」的指責意味。

「至少我要先過去確定那間醫院是不是還在啊！我可不想看到大家興師動眾，結果到了那裡卻只找到被拆掉的斷壁殘垣。」浩偉攤手，一臉無奈地跟大家解釋，同時又語帶玄機地說：「而且事實證明我一個人去是正確的，因爲那裡的情況有點不對勁……」

浩偉把遇到警察盤查，以及可能受到監視的事情說了出來，每個人都是一陣驚愕。

「怎麼會……」其中最驚訝的當然就是君涵了，「阿公的醫院是別人的財產嗎？是誰這麼過分，竟然把阿公的醫院占爲己有……」

思航揉著下巴，提出另一個看法：「可能不是那樣喔，我記得國民政府在接收台灣之後，只要屬於日本企業或個人的土地，都會被接收爲公有土地，之後再租給別人或拍賣出去……有可能是接手那塊土地的人捨不得把妳阿公的醫院拆掉，所以就讓它保留下來了吧！」

「也有另一種可能，」沛柔保持她一貫的冰冷語調，說：「其實那間醫院根本不是妳阿公的，而是另一位本土地主幫他蓋的，妳阿公離開之後，那位地主因爲某些原因而把醫院保留下來，地主的後代也沒有去動它，這背後應該大有文章。」

聽完他們兩人的意見，浩偉說：「大家想想看，要是現在的地主是從政府手中把地買下來的，那他一定是想用這塊地來賺錢，眞是這樣的話，他幹嘛把醫院留著呢？不能租也不能賣，一點利益也沒有……所以我覺得沛柔說的比較有可能。」

大家原本以爲那家醫院是君涵阿公自己出錢蓋的，但沛柔提出的想法讓每個人都改觀了，如果這個假設成立，那麼君涵阿公的背後還有個神秘金主，這位金主幫君涵的阿公蓋醫院，並雇用他來經營。不管君涵阿公是被徵召去當軍醫，或是離開台南改行做其他生意，這位金主都還是妥善保存著當年的醫院，甚至嚴密監控它，不遭到小偷及廢墟迷的入侵，這位金主到底爲什麼要這麼做？

「我已經請文化資產局認識的朋友幫我調查了，看小林醫院的所有權人到底是誰，等有結果，我會再想辦法聯繫對方，看能不能讓我們進去看一下，或是……」浩偉看向君涵，決定把君涵當作王牌來使用：「或是至少讓妳進去看一下，畢竟妳是小林麟一郎的孫女，對方要是知道這一點，應該也會答應吧！」

君涵輕輕點頭，她知道浩偉已經很努力在幫她了，她現在能回報的就是擔任好遺跡之下的一分子。

結束了小林醫院的話題後，浩偉把頭轉向窗外，外面是一片綠油油的山景，綱豪正將箱型車開往桃園近郊的山區，這次要清理的遺跡就在那裡。

當車子駛過一條小橋時，「和泉橋」的標示從車窗掠過，浩偉知道目的地快到了。過橋後，車子又行駛了一段路，前方的道路開始越變越窄，幾乎到了車子無法通行的地步。浩偉從後座拍了拍綱豪的肩膀，下達指示：「豪哥，先把車子停在旁邊吧，接下來的路不用走的是到不了的。」

這次的遺跡雖然不像台東神社那樣隱藏在深山中，但所在的位置也是相當隱密，不經過一番跋涉是看不到遺跡眞面目的。

這次的任務行程是兩天一夜，每個人都多帶了一些行李，大家把工具跟行李扛在身上，由浩偉帶頭，一行人沿著狹窄的道路繼續前進，各種植物從四面八方包圍住眾人，像在綠色隧道中行走。前進約一百公尺後，一間以紅色鐵皮搭建而成的工寮出現在道路右側，一看到工寮，浩偉馬上展顏歡笑，對著工寮大喊：「柯伯伯！我們來囉！」

隨著浩偉的呼喊，一位削瘦的老人馬上從工寮裡現身。老人身上穿著綠色的舊軍裝外套及工作褲，頭上戴的則是好幾年前選舉送的帽子，加上黝黑的皮膚，給人的感覺就是在公園裡隨處可見的阿伯。

「柯伯伯，好久不見。」思航也對老人打招呼，在遺跡之下，思航跟浩偉是唯二認識這位老人的人。

「你們來啦，先把東西放在這邊吧，休息一下之後再帶你們上去。」老人的身體看起來瘦弱，但實際卻十分硬朗，沒兩三下就接過每個人手中的工具跟行李，整齊地擺放在工寮一側，這間工寮同時也是遺跡之下今晚過夜的地方，雖然沒有台東的溫泉飯店那麼高級，但至少水源、浴廁等基本設備都是齊全的。

大家一坐下來休息，老人馬上從工寮裡拿出水果跟麥茶給大家享用。浩偉咬下一口芭樂，芭樂是老人自己種的，味道特別甜，浩偉邊吃邊問：「柯伯伯，最近礦坑的情況怎麼樣了？」

「都差不多了，還好有你們來幫忙，這兩天應該就可以弄好啦！」老人說。

老人的態度雖然和善，但臉上始終沒有一點笑容，老人把水果遞給君涵的時候，君涵雖然笑著道謝，但她的身體卻不自覺地跟老人保持距離，似乎在害怕什麼，再仔細觀察的話，會發現老人的左眼竟是一片混濁的白色，看上去十分恐怖。

對第一次見到柯伯伯的人來說，君涵的反應算是很正常的，但浩偉知道柯伯伯並不是壞人，他甚至可以說是世界上碩果僅存、真正的好人了。

浩偉又吃下一口芭樂，眼神同時望向樹林，從樹枝之間的空隙彷彿就能看到這次要清理的遺跡，「和泉礦場」的建築身影了。

和泉煤礦是一間從日據時期就開採的煤礦場，說起煤礦業在台灣的發展，自從日據時期引入了日本的採礦技術之後，煤礦就一直是台灣的出口主力，雖然在國民政府初來台時，由於外銷被限制，煤礦業也面臨了瓶頸，不過台灣當時的工業化正要崛起，國內對煤礦仍有相當大的需求。但隨著石油燃料的興起，許多礦場都抵擋不住能源轉移的壓力，加上礦坑死傷事故持續發生，煤礦業的倒閉潮終於到來，台灣最後一個營運的礦場更是在西元二〇〇〇年時宣告停工，讓煤礦業正式畫下句點。

和泉礦場在國民政府來台後，曾經改由其他企業經營，但後期因爲煤礦枯竭、大環境不佳導致財務陷入困境，礦場最後在一九八六年關閉，礦工們也各分東西，柯伯伯正是其中一位礦工。礦場關閉後，柯伯伯曾經到外面做了許多工作，但最後還是回到礦場，在路口搭起工寮，以經營竹林、種植水果維生。

浩偉在成立遺跡之下之前，就曾經跟思航一起來和泉礦場探險過，以前的礦場爲了讓卡車進入載礦，所以設有幾條主要的聯外道路，但這些道路都已經年久失修，不是崩壞塌毀就是埋沒於雜草之中，浩偉跟思航根本找不到進入礦場的方法。他們此時遇到的救星，就是剛好在巡視竹林的柯伯伯，柯伯伯的外表看起來雖然冷漠不易親近人，但一聽到浩偉是要來看礦坑的，便熱心地爲他們帶路，一一講解礦場裡每棟建築物跟設施的用途，並形容當年的畫面。

畢竟是曾經在這裡工作過的老礦工，在柯伯伯繪聲繪影的講解下，浩偉跟思航感覺整個畫面感跟聲音都來了，他們的耳邊彷彿能聽到礦工們挖礦時工具跟煤礦相互碰撞的聲響，眼前彷彿也能看到礦工頂著工作帽，開著頭燈忙進忙出的身影。

那天回到家後，浩偉上網查了一下其他人的探險心得，發現有許多廢墟迷都在探險過程中受到柯伯伯的幫助，與其說柯伯伯是隱居在那邊，不如說他是駐守在那邊的專業導遊，爲的就是讓更多人看到礦場的建築、聽到礦場的故事，讓礦場鮮明的畫面在更多人的想像中活下去……

柯伯伯的努力也有了成果，眾人發表在網路上的礦場探險歷程逐漸形成一股不容忽視的力量，讓當地文化處開始正視和泉礦場這個地方。目前文化處正在釐清礦場的保存範圍，並積極跟礦場土地所有權人協調，有望可以在近期開始審查作業，將和泉礦場轉型成文化資產。

一聽到這樣的好消息，曾經被柯伯伯幫助過的廢墟迷們開始集體動員，上山擔任志工來清理礦場的環境，但礦場的範圍實在太大，要將完全荒廢的礦場整理乾淨絕非易事，好幾組志工輪流上山整理，幾個禮拜下來才讓礦場的環境稍有改善，遺跡之下正是最後一組志工團隊。也因爲是最後一組團隊，所以浩偉想要收尾得乾淨一點，他決定連續兩天都到礦場整理，晚上就在柯伯伯的工寮過夜，其他團員也都表示贊同。

吃完柯伯伯親手栽種的水果後，大家都感覺恢復了體力，從行李中拿出各自的工具，準備前往和泉礦場開始第一天的整理工作。

在第一次探險之後，浩偉陸續又來過好幾次，其中有幾次是專程來探訪柯伯伯的，雖然大概知道往礦場要怎麼走，但浩偉還是把帶頭的位置讓給了柯伯伯，這是他對老礦工的尊敬。

儘管前方的小路滿布雜草，但柯伯伯早已記下了每個腳步的位置，他帶著遺跡之下在草叢中以穩健的速度前進，浩偉記得他跟思航第一次來的時候在這區迷路了一個小時之久，但在柯伯伯的領路下，從工寮到礦場其實只要二十分鐘就可以到了。

走到一半時，一間小廟出現在小路右側的斜坡上，小廟以紅色鐵皮搭建，看起來很眼熟。君涵指著那間廟，說：「你們看那間小廟，跟柯伯伯的工寮好像喔！」

「喔喔！」綱豪也驚道：「這種地方竟然還有廟啊！是土地公嗎？」

「不是啦，那間廟可是柯伯伯自己蓋的！」走在兩人身後的思航說，他的語氣就像在教訓沒見過世面的小孩子：「柯伯伯，你跟他們說一下那間廟的故事吧！」

「喔，那個啊……」柯伯伯走路的速度稍微慢了下來，緩緩說道：「有一次啊，我經過這裡的時候被一塊不曉得哪裡跑出來的大石頭絆倒，結果跌倒了。」

柯伯伯像是被捉弄似地抓了一下後腦杓，繼續說：「很奇怪，我記得之前沒看過那塊大石頭，也不知道那塊石頭從哪裡來的，就把石頭搬到旁邊草叢裡，以免再絆倒人。結果我隔天上來的時候，發現那塊石頭又不見了，所以我就想啊……會不會是在礦坑裡去世的礦工兄弟們太無聊了想捉弄我，才故意放石頭讓我跌倒的，所以就在這裡搭了一間小廟，固定擺供，果然之後就沒再看到什麼大石頭啦！」

「哇……那柯伯伯你跌倒有沒有受傷啊？」君涵問。

「喂，君涵！」走在君涵前面的浩偉突然轉過頭使了個眼色，像是在提醒君涵不該問這個問題，但君涵只是出於關心才這麼問的，並不覺得哪裡有問題。

柯伯伯突然停下腳步，慢慢轉過上半身，用混濁的左眼盯著君涵看，君涵忍不住吞下一口唾液，全身發毛。

「那時候我這邊的眼睛剛好撞到石頭的一個角，然後就再也看不到東西了。」柯伯伯刻意眨了一下左眼，轉回身體繼續往前走。

「啊……」君涵低下頭，明明沒做錯事情，但還是小聲地說：「對不起……」

當然，走在最前面的柯伯伯根本聽不見她的低語。走在最後面的綱豪倒是低聲問思航：「喂喂，所以這個礦場是有死過人的嗎？」

「豪哥，你也正經一點好不好？」思航差點一手就往綱豪的頭上巴下去，好不容易才忍住。「礦工都是拿命在換錢的，哪個礦場沒出過人命啊？」

「我又沒當過礦工，我哪知道呀……」綱豪擺出無辜的表情。

而此刻在隊伍前方，和泉礦場已經脫離樹林的遮蔽，從建築一隅開始，完整現身在每個人眼前。

× 卍 ×

柯伯領著隊伍來到礦場的空曠處，大家把工具集中在一起，準備聽從浩偉指揮進行清理工作。

和泉礦場的建築配置是一個明顯的L型，左側是一層樓高的礦工房舍，正前方是兩層樓高的建築，一樓是機械維修廠，二樓則是礦場職員的宿舍。這些建築的共通點在於都是以清水磚搭建而成，在礦場關閉四十幾年之後，建築架構仍保持得很完整，只是每扇門窗的框架都已不見蹤影，浩偉合理懷疑是被人偷拆拿去轉賣了。

除了這兩棟主要建築之外，幾棟零落的建築也依靠在旁，分別是專為礦工設立的福利社、檢驗品質的選煤場，以及存放炸藥的炸藥庫房及警衛室。

繞過機械維修廠後，就可以在山壁上看到和泉礦場的礦坑。乍看之下，和泉礦坑就像一個稍微小一點的火車山洞，坑口上的石牌用金漆寫著「和泉煤礦」四個字，字體上的色澤還很鮮明。

礦場關閉之後，礦坑也被層層石塊堆疊封閉起來，防止外人進入。雖然封閉的石塊已經往礦坑內塌了大半，但還是保有大約四分之三，一百七十公分左右的石牆堵在坑口處。

坑口正前方一百公尺處還有一間水泥建築，浩偉記得柯伯伯曾經介紹過，那是礦場的「天車間」，也就是專門轉動礦車的捲場機房，每個進入坑內的礦工，都是靠著天車間的機具，才能順利進去，然後平安出來……只是現在所有機具都被撤掉，曾經二十四小時不間斷維持礦場運作的天車間，現在只是一間空蕩蕩的水泥建築物。

雖然前幾個禮拜已經有志工整理過了，但礦場上的雜草生長速度迅速，建築上的爬藤也以不可思議的速度再生，一看到這幅景象，沛柔早已背上割草機，蓄勢待發了。

戶外的工作就交給沛柔，浩偉分配其他人進行室內的整理，柯伯伯也在旁邊給浩偉建議：「之前來的志工有整理很多了啦，現在剩下二樓的宿舍，還有福利社那邊的垃圾還沒收完……」

有時候不得不佩服台灣人丟垃圾的能力，就算是地點如此隱密的礦場，也可以看到室內有整袋被惡意丟棄的垃圾，當然也少不了浩偉最痛恨的菸蒂，這些哪裡都有的菸蒂根本可以被列入都市傳說了。

「眞搞不懂這些人，他們是特地跑上來抽菸的嗎？」浩偉用力踢著腳下的菸蒂，然後分配其他人的工作：「我們今天先把大包的垃圾跟菸蒂清乾淨，明天再來個大掃除，把每個房間徹底掃過一遍，不過要記得喔，原本就在礦場裡，屬於礦工的東西就讓它留著，不要去碰，沒問題吧？」

確定工作內容以後，綱豪、思航跟君涵開始動起來，各自戴上粗布手套用接力的方式將垃圾往外面傳，浩偉則是彎腰撿著菸蒂。雖然是辛苦的勞力工作，但陰涼的天氣再加上礦場綠意盎然的環境，每個人都感覺不到疲累，甚至越做越起勁，沛柔在戶外的割草聲更是一刻都沒停過。

不過雖然搬垃圾搬得起勁，原本就屬於礦場的東西，大家都很有默契地不去移動。

直到現在，和泉礦場上還遺留著許多當時的物品，例如仍被擺放在礦工房舍裡的工作帽及頭燈、掛在宿舍牆上的工作服、貼在牆上斑駁的愛國獎券、堆疊在福利社角落的玻璃瓶汽水、選煤場裡一小袋一小袋的煤炭粉……

每個物品都是礦工們在這裡努力工作過、幫助台灣迅速工業化、讓世界各國看到台灣奇蹟的證明。

╳　卍　╳

由於山區沒有光源，浩偉決定在下午五點前結束今天的工作，要是不小心拖到太陽下山，走回工寮的路程就會變得困難重重了。當其他人忙著把今天清出來的垃圾集中在一起的時候，沛柔還在坑道口旁邊割草，浩偉對著沛柔大喊：「喂！沛柔，收工囉！」

沛柔的雙手仍緊握割草機，用牛筋繩凌虐著地上的雜草，像是完全聽不到浩偉的聲音。浩偉只好走到她旁邊，用力鼓掌大叫：「沛柔！可以收工啦！今天就先放過這些草吧！」

掌聲成功傳進了沛柔的耳裡，沛柔先是不明所以地看向浩偉，然後才放開割草機的油門閥，問浩偉：「幹嘛？」

「該收工啦，今天這樣已經夠了。」浩偉指著周遭的地面，說：「妳再繼續大開殺戒的話，明天就沒草可以割囉！」

「是這樣嗎？」沛柔整個人往前彎腰，讓割草機因爲吃不到油而停止運作。等到割草機的聲音徹底安靜下來，沛柔指向坑道口問：「裡面的草不用割嗎？」

「坑道裡面是用紅磚砌成的，地上就是岩盤，不會長草。」柯伯伯這時從另一側走過來，一邊說：「當時就是因爲裡面的礦快被挖完了，整個岩盤受到很大的壓力，坑內很多地方一個接一個倒塌，怕有人跑進去被埋在裡面，才用石頭封起來。」

柯伯伯站到坑道口尚未倒塌的石牆前方，一百七十公分高的石牆比柯伯伯還高一點，他的手在石牆上輕輕摸了一下，臉上出現一陣複雜的表情。坑道雖然近在眼前，但裡面的世界對他來說，應該是想回卻再也回不去的過去吧。

「好吧，那我明天再往外圍繼續割，反正雜草越少越好，對吧？」沛柔瞪著礦坑以外的草地，眼神流露出寧可錯殺一百也不可放過一個的霸氣，讓浩偉也不禁打了個冷顫。

浩偉跟沛柔並肩走回去集合時，身後突然傳來一聲沉悶的撞擊聲。兩人一起回頭查看，只見一個石塊從牆上鬆脫，掉在坑口前方，剛好就掉在柯伯伯腳邊。

「柯伯伯，你沒事吧？」

浩偉一開始還以爲柯伯伯被砸到了，柯伯伯卻兩手直接搬起石塊，一派輕鬆地扛到肩膀上。

「沒事啦，這些石頭放久了本來就會像這樣掉下來，嘿咻！」就在柯伯伯一氣呵成把石塊疊回原本位置的一瞬間，浩偉卻從石牆上看到了另一個東西。

石塊掉落讓石牆空出了一個角，而那個角的後方，理應是黑暗的坑道磚壁，但仔細一看，卻發現黑暗之中……有一張漆黑的臉正頂在那個位置上，睜大雙眼盯著浩偉跟沛柔。

那張臉雖然黑，但臉上的眼睛、牙齒，以及汗水的反光所呈現出的形狀，都在瞬間刺激著浩偉的視覺，提醒著他，那確實是一張人臉。就在浩偉懷疑自己的眼睛是不是有問題的時候，柯伯伯已經把石塊疊上去，將那個角補起來了。

柯伯伯在褲管上拍去手上的灰塵，從浩偉跟沛柔兩人身邊走過，說：「走囉，趁天還沒有黑，我快點帶你們下去吧！」

等柯伯伯走開一段距離後，浩偉才轉動僵硬的脖子，對著沛柔問：「妳……剛剛有看到嗎？」

「你是說那張臉嗎？我看到了。」沛柔的眼神仍盯著剛剛掉下來的那塊石頭，嘴裡唸著：「是掉在外面的……」

「什麼？」

「石塊的位置啊，」沛柔說：「其他石塊都是往後倒塌，掉在坑道裡面，但剛剛那一塊卻是掉在外面，就像有人從裡面把石塊往外面推一樣。」

「啊……」剛才沒有想到這點的浩偉一陣錯愕，「所以……裡面有人？」

「不太可能，剛剛也有可能是我們看錯了。」沛柔冷眼瞥著浩偉，說：「或是你現在可以過去看一下？」

浩偉走近石牆，石牆文風不動，裡面更是悄無聲息，要是後面眞的有人，絕不可能這麼安靜，連呼吸聲都沒有。

「所以我們剛剛看到的到底是……」

就跟在台南感覺到被監視的時候一樣，浩偉全身感受到一股惡寒。

× 卍 ×

天色暗得很快，隊伍才剛從礦場回到工寮，山陵線就吞噬了僅剩的最後一點陽光。柯伯伯點亮工寮的電燈，四周山區的陰暗讓工寮看起來就像在黑暗大洋上孤獨航行的小船，對船上的人來說，這艘船彷彿就是世界上唯一有光的地方了。

在這種荒涼的山區，最近的便利商店跟餐廳少說也有十公里遠，但這不是問題，因爲浩偉早就決定就地取材，直接吃柯伯伯煮的火鍋了。柯伯伯在火鍋內放入自己種的青菜以及早上去市場買的肉品，由於沒有人工火鍋配料跟味精，反倒散發出一種獨特的清香味，不只讓人胃口大開，也洗滌了大家一整天工作的辛勞。

「我開動啦！」

柯伯伯把火鍋蓋掀起來的那一刻，大家的筷子早已等不及了，每個人的筷尖就像老鷹的銳爪，精準無比地夾起每一塊浮出火鍋湯面的食物，配著香噴噴的米飯一起送入口中。飯雖然不是柯伯伯自己種的，但也是向附近熟識的稻農買的，品質絕對有保證。

熱騰騰的火鍋下肚後，從胃裡湧出的暖意趕走了浩偉在礦場上感受到的惡寒，火鍋的香氣讓每個人的情緒都緩和下來，就連平常面無表情的柯伯伯臉上也帶著淺笑。看著柯伯伯面帶微笑跟大家一起吃飯的樣子，浩偉決定不去想這麼多，當時看到的黑臉，或許只是磚牆露水的反光吧……

「柯伯伯，可以多跟我們說說你當礦工時的故事嗎？」火鍋剛開動沒多久，君涵就提出了這個要求。

「可以啊，你們想聽嗎？」在笑容的映襯下，柯伯伯混濁的左眼看起來似乎沒那麼恐怖了。只要是跟礦場有關的事情，他一向很樂於分享，因爲現在唯一能將礦場的過去跟現代連接在一起的，就只剩他了。

柯伯伯放下碗筷，眼神凝視著山區的某處，那裡或許正是和泉礦場的位置，在這裡住了這麼久，柯伯伯只要一眼就能找到礦場的方位。在火鍋的香氣跟靜謐的山景圍繞下，開始說起他的過去。

柯伯伯之前是陸軍上士退伍的，離開部隊之後轉換跑道先去務農，打下了現在經營竹林的底子，之後也做過粗工、學校工友等工作，最後是在同袍的引薦下，來到和泉礦場。

那個時候的礦場十分熱鬧，每間房舍都住滿了人，礦工的工作雖然辛苦又危險，但豐厚的報酬還是吸引了許多壯丁前來賣命。一點也不誇張，在礦坑裡工作是眞的要賣命的，那時候有句話說：「這命拚下去，死的是一個人，不拚的話，死的是一家人。」意思是說，礦工若不冒著生命危險工作，全家人就只有餓死的分。當時還有句話說：「礦工越挖越深，深到最後連自己都出不來。」指的正是當時礦工要錢不要命的現象。

在進入礦坑前，礦工帽跟頭燈是必要的裝備，另外還有挖礦專用的工作服，但眞正進入礦坑後，很少人會把工作服穿在身上，因爲坑裡的溫度實在是太熱了。礦坑內的溫度動輒四十度，而且越靠近煤層越熱，從岩壁及空氣中傳來的高溫逼著礦工脫掉工作服，只剩一條內褲或圍著一條布工作，加上礦坑內的環境狹擠，每個人或躺或趴，用各種姿勢採礦。二十四小時三班制的制度，時間沒到不能離開礦坑，讓礦工們只能在裡面用克難的姿勢解決大小便，惡劣的環境也造成蟑螂老鼠在坑內亂竄，帶進去的便當更要在這樣的環境下硬著頭皮吃完，最後也搞不清楚吃下去的是飯粒還是煤灰。

當換班交接，出坑打卡的那一刻到來，柯伯伯形容，那種感覺眞的像是從地獄回到人間。不過就算知道裡面是地獄，還是有人前仆後繼地往下跳，因爲大家都知道這筆錢可以養活家人，我不入地獄誰入地獄呢？

柯伯伯不斷說著礦工作業時的辛苦，偶爾也穿插跟礦工弟兄們鬧出的一些趣事，講到連火鍋都忘了吃。最後是在浩偉的提醒下，柯伯伯才把故事收尾，拿起碗筷繼續吃火鍋。

不過浩偉注意到，關於和泉礦場曾經發生過的坑道災變事故，柯伯伯一句也沒有提到過。或許，在那些將生命犧牲給和泉礦場的礦工名單中，也有著柯伯伯的同袍弟兄，所以他才選擇把這些事情徹底從他的故事中刪除了……

╳　卍　╳

手機在山區沒有訊號，柯伯伯也沒有電視，更沒有其他休閒娛樂，加上今天也累了一天，火鍋收拾乾淨之後，大家便輪流去洗澡，浩偉跟綱豪則開始搭起過夜用的帳篷。柯伯伯的工寮空間有限，沒有多餘的就寢空間，浩偉幾天前就請綱豪準備一個帳篷，讓大家今天晚上可以在工寮外面用露營的方式過夜。

本來以爲綱豪帶來的只是基本的圓頂或印地安帳篷，沒想到他拿出來的卻是足足可以睡下十多人的別墅式帳篷，因爲結構複雜，一夥人花了四十分鐘才總算把帳篷搭好，完成後的別墅帳篷更把工寮前的道路空間給全占滿了。

「綱豪，你下次要搞這麼大陣仗的話，麻煩先說一聲好不好？」浩偉眞的要被綱豪給打敗了。

綱豪搔著頭，不好意思地說：「這東西放在我家很久了，這是第一次用，我也不知道它原來這麼大呀……」

不過大有大的好處，裡面的空間讓五個人可以在裡面盡情活動，睡覺的空間也不會太擁擠，讓大家都能獲得妥善的休息。

晚上十點不到，柯伯伯就關掉了工寮的電燈，這艘孤獨航行的小船終於也被暗黑大洋吞噬，不見一點燈光。

浩偉用手電筒在帳篷內留了一盞夜燈，讓想上廁所的人拿來照明。互道晚安之後沒多久，身體在溫暖睡袋裡放鬆下來的浩偉馬上感到一股睏意，幾乎是只要閉上眼睛就能睡著的地步，而綱豪的頭才剛碰到枕頭，就發出宛如跑車引擎般的鼾聲，逗得君涵跟思航各自在被窩裡偷笑。綱豪的鼾聲雖然大聲，但疲勞感已經完全駕馭浩偉的身心，他閉上眼睛，任由意識被睡意拖走。

✕ 卍 ✕

浩偉不確定自己是被什麼吵醒的。

是身體對陌生環境不適應而強迫意識清醒嗎？還是因爲綱豪的鼾聲實在太大聲，影響了睡眠品質？但是當浩偉睜開眼睛清醒的那一刻，帳篷內已經聽不到綱豪的鼾聲了，圍繞著帳篷的只剩下山林中不知名動物的鳴叫聲，以及像是有東西正在撥開草叢前進的沙沙聲……

是蛇嗎？浩偉警覺地從睡袋中坐起來，但仔細一聽，會發現那股沙沙聲越來越小聲，聽起來像是正在遠離帳篷。浩偉突然加速的心跳在瞬間又緩和了下來，即使眞的是蛇，至少沒有跑進帳篷裡。

比起入睡的時候，帳篷裡變得更暗了，夜燈的亮光像是被什麼東西遮蔽住，幾乎看不見了。浩偉眨動眼睛，試著熟悉眼前的黑暗，而下一秒所看到的畫面，又讓他的心臟幾乎要從喉嚨裡跳出來。

一個人影蹲在帳篷的門簾處，人影擋住了夜燈的燈光，正探頭往帳篷外面窺視。猛然一看，浩偉還以爲有人闖進來了，花了幾秒才認出那個人影其實是沛柔。浩偉用手按壓著左胸，情緒在緊張跟放鬆間頻繁切換，心臟差點就要麻痺了。

沛柔似乎注意到浩偉醒來了，她用餘光瞄向浩偉，但沒有講話。

「沛柔，妳蹲在這裡幹嘛啊？」浩偉從睡袋裡鑽出來，爲了不吵醒還在熟睡的其他三個人，用蹲姿小心翼翼地走到沛柔旁邊。

「你剛才有聽到什麼聲音嗎？」沛柔盯著帳篷外面，聲音壓得很低。

「如果妳是說那個沙沙沙的聲音的話，我聽到了，我以爲那是蛇的聲音。」

「那不是蛇，」沛柔說：「我也是聽到那個聲音才蹲在這邊戒備，擔心有蛇想爬進來，還好沒看到。」

「既然沒看到蛇，那妳怎麼還蹲在這裡？」

「因爲在你醒來之前，我剛好看到柯伯伯從工寮走出來，往山上去了。」沛柔指著柯伯伯離開的方向，說：「沒錯的話，他走的正是往礦場的方向。」

「眞的假的？現在都幾點啦？」

浩偉這時才發現他還不知道現在幾點，趕緊翻出手機看了一下，螢幕上顯示著現在是深夜兩點四十分，柯伯伯這麼晚了跑到礦場做什麼？浩偉實在找不到原因。

沛柔又持續盯著外面好一段時間，然後轉身拿起衣服，把外套跟外出長褲套上。

「沛柔，妳要幹嘛？」浩偉看著沛柔的動作，越看越搞不懂。

「我去礦場看一下，要跟不跟隨便你。」沒等浩偉回答，沛柔已經打開帳篷的拉門，拿起手電筒鑽了出去。

「喂，沛柔……」

浩偉回到自己的位置上拿起外套，跟著出去。鑽出帳篷之後，只見沛柔站在工寮前面用手電筒四處照射，好像在尋找什麼痕跡。

「沛柔，妳到底……」浩偉本來想問沛柔到底在發什麼神經，但看到沛柔手電筒所照到的東西後，他頓時半句話也說不出來了。

「看來剛才來的東西不是蛇，而是其他東西……」沛柔將燈光停在工寮的門板上。

在燈光照射下，一個形狀模糊，但仍足以辨認的黑色手印就留在靠近門把的位置。不只如此，當沛柔繼續把手電筒照向其他地方的時候，在吃飯的桌上、工寮旁邊的農具上，都可以看到黑色的手印，地上也隱約能看到黑色的足跡走過。這些印記都讓浩偉直接聯想到，白天在坑道內看到的那張臉……

沛柔輕輕碰了一下門板上的手印，少許媒灰沾上了她的手。

「看來我們兩個那時候並沒有看錯，坑道內可能眞的有人。」沛柔將手電筒轉向礦場的方向，說：「我要去看一下柯伯伯去礦場幹嘛，你要一起來嗎？」

沛柔這句話就像在考驗浩偉的勇氣，但浩偉知道現在並不是膽子大小的問題，而是安全的問題。

浩偉說：「妳先等一下，沒有柯伯伯帶路，連我也沒有把握能在晚上順利走到礦場，要是我們迷路的話就慘了。」

「這不是問題，那條路我白天走過一次之後就記住了，所以你到底要不要跟？」

「妳是認眞的？這條路我走過那麼多次，也沒辦法百分之百記熟，更何況是沒有燈光的晚上耶……」浩偉瞠目結舌地說。

「是不是認眞的，走上去就知道了。」沛柔像是已經不想把耐心浪費在浩偉身上，拿著手電筒直接踩入草叢，循著記憶前往礦場。

浩偉轉頭看了一下帳篷，另外三個人在裡面睡得好好的應該不會出事，跟他們相比，沛柔是那種從來不會讓人擔心的人。浩偉甚至覺得，就算沛柔在山裡遇到台灣黑熊，光靠她的凶悍也能直接把黑熊制伏，但是身爲遺跡之下的團長，說什麼也不能讓團員這樣獨自行動，再說……浩偉也想知道柯伯伯爲什麼要在這個時間點偷偷跑去礦場。這股好奇心被勾起來之後，浩偉便做出決定，往前動身追上沛柔。

跟上沛柔的腳步後，浩偉發現沛柔所言不假，她現在所踩的每一步路都是浩偉印象中前往和泉礦場的路沒錯，在這麼暗的環境下還能將只走過一次的路記得如此精準，浩偉打從心裡佩服這項本領。就在即將抵達礦場的時候，浩偉小聲問道：「妳今天只走過一次這條路，怎麼記得這麼熟啊？」

「以前在部隊的時候我受過類似的訓練，一樣是在山裡。」沛柔平靜回答。

「啊，原來妳當過志願役。」浩偉點點頭，知道了沛柔的軍人資歷對他來說並不意外，反而有一種理所當然的感覺。

沛柔的腳程相當快，在柯伯伯帶路下要走二十分鐘的路程，沛柔只花十五分鐘就帶浩偉走完了。

在月光的照射下，由清水磚建成的房舍顯現出一種奇特的血紅，浩偉感覺整個礦場的氛圍都變了，原本應該充斥著煤礦味道的房舍，現在卻隱隱傳出屠宰場特有的血腥味，還有一陣奇特的聲音打破了礦場的靜謐。

那是一種類似搬運石塊的聲音，石頭的摩擦跟碰撞聲在深夜的礦場顯得特別不自然，浩偉跟沛柔利用夜色及建築物的掩護，移動到聲音發出的地點，也就是坑道口的位置。

柯伯伯就在坑口前方，地面上橫放著一支手電筒，在微弱的燈光下，可以看到柯伯伯腳下散落著好幾塊石頭，都是從堵在坑口的石牆上塌下來的，柯伯伯正一塊一塊把它們搬回去，讓石牆恢復原狀。

跟他們白天看到的一樣，石頭掉在坑口外面，就像是有人從坑道裡面把石牆推倒。難道坑道內眞的有人？浩偉想看清楚坑道裡的情況，但距離實在太遠，柯伯伯放在地上的手電筒燈光也不強，再靠近一點又有可能被柯伯伯發現……

沛柔用手肘撞了一下浩偉，低聲問：「你認識柯伯伯比較久，知道他爲什麼要半夜跑上來疊石牆嗎？」

「這……我還眞的不知道。」浩偉回答不出來，他感覺自己對柯伯伯的認識突然完全崩潰了。在他印象中的柯伯伯，應該是一位忠心守護礦場、熱心幫廢墟迷跟探險者導覽礦場的好人，但柯伯伯現在像是殺人凶手在毀屍滅跡般的詭異行徑，讓浩偉開始產生許多聯想。或許，柯伯伯平日在外人面前所扮演的，只是他想讓大家看到的假象，眞實目的其實是要隱藏礦場上的某個秘密……

眼看柯伯伯就快把石牆全部疊好了，沛柔拉了一下浩偉，說：「我們先回去吧，要是他下去以後看到我們不在帳篷裡面，一定會起疑心。」

浩偉本來想留下來看柯伯伯接下來還會有什麼怪異的舉動，不過他還是聽從沛柔的指示，由沛柔帶路離開礦場，回到帳篷裡面躲著，離開的路程一樣只花了十五分鐘。

回到帳棚時，另外三個人仍熟睡著，對浩偉跟沛柔的離開完全沒有察覺。在鑽進睡袋前，沛柔對浩偉說：「他應該等一下就回來了，我們先假裝睡覺吧。」

浩偉點點頭，把身體塞到睡袋裡面假裝睡覺，但身上的每條神經都是清醒著的。十幾分鐘過後，帳篷外面傳來了聲響，柯伯伯回來了。浩偉仔細聽著柯伯伯移動的方向，他這時不知怎地想到了一個故事：有個殺人魔跑進宿舍裡面，循床位摸著每一個人的胸口，由心跳的頻率來找出目擊者的恐怖故事。

還好，浩偉的恐怖幻想沒有成真，柯伯伯沒有靠近帳篷，而是進到工寮裡面。聽到工寮的門關上的聲音，浩偉鬆了一口氣，他觀察著沛柔的睡袋，沛柔沒有任何動靜，不曉得是不是真的睡著了。

今天晚上，自己還睡得著嗎？不管能不能入睡，浩偉知道從明天開始，他都無法用之前的眼光來看待柯伯伯了。

× 卍 ×

早晨一睜開眼睛，浩偉就聞到了飄進帳篷裡的地瓜香味，他坐起身，第一眼看到的就是已經收拾好睡袋，正在地上做伏地挺身的沛柔。

「你起來啦？」沛柔繼續做著伏地挺身，講話的聲音沒有一絲喘氣：「柯伯伯很早就起來了，現在好像在幫我們準備早餐。」

浩偉四處張望，發現其他人都還在睡覺，便問沛柔：「我猜，妳應該整個晚上都在裝睡吧？」

「總要有個人保持清醒以確保安全，看到柯伯伯那麼奇怪的樣子，你還睡得著才叫厲害吧？」沛柔收起雙腳，從地上蹬步跳起來，並拿出毛巾來擦臉。

浩偉盯著沛柔手臂上的肌肉，同時想到她昨天深夜提到的職業軍人經歷，這讓浩偉忍不住問：「沛柔，妳以前是在哪個單位服役呀？」

「什麼？」剛把毛巾從臉上移開的沛柔像是沒聽清楚浩偉的問題。

「妳以前是在哪個單位服役的？感覺應該不是一般的單位吧？」浩偉揉了一下眼睛，昨晚的疲憊仍讓他有點睜不開眼睛，這也顯示出沛柔體力有多異於常人。浩偉繼續說道：「妳昨天晚上跟我一起到礦場跑了一趟，下來後也沒睡覺，整個晚上都守著帳篷，但妳現在看起來卻還是一副精力充沛的樣子，一般單位可沒辦法把人訓練成這樣。」

「哈。」沛柔突然發出輕視的笑聲，像是在瞧不起浩偉口中的「一般單位」。

「我待的單位是機密，不能告訴你，但是那裡的生活很有挑戰、很刺激，每天都像隨時會死掉一樣。」

除了憲兵特勤隊跟涼山部隊之外，浩偉實在想不到哪裡還有這種單位了。浩偉問：「那種生活跟妳的風格還蠻符合的呀，妳怎麼沒有選擇留在部隊裡呢？」

「因爲裡面的制度整個狗屁不通。」

儘管沛柔說得模糊，但浩偉一聽就懂了，畢竟他也當過兵，軍隊裡的制度有多畸形，他曾經親身感受過……或許，沛柔是因為性別或個性的關係不得不自願退伍。也或許遭遇了什麼，才讓現在的她總是如此冰冷。誰知道呢？每個人難免都有些不想提不願說的過去吧！

沛柔把毛巾掛在脖子上，坐回睡袋上，開始幫手臂拉筋。

浩偉一直不知道沛柔加入遺跡之下的眞正原因，總之絕不可能是因爲喜歡割草才加入的，而從沛柔剛才透露的內容來判斷，浩偉已經可以猜到大概的原因了。

「所以妳加入我們的眞正原因，是因爲退伍後的生活太無聊了嗎？」浩偉問。

沛柔拉筋的動作度頓時停了下來，她抬起頭來，但並沒有看往浩偉，而是看向帳篷的門口，彷彿已經迫不及待，準備下一場冒險了。

「回到現實社會後的生活確實不是我要的，我想要的是那種第一次踏上全然陌生的地盤時，不知道前方有什麼，也不知道敵人藏在哪裡的刺激感及絕望感。」沛柔轉動眼珠，用眼角盯著浩偉：「我相信不用再解釋下去了，你應該很清楚我所尋求的那種感覺才對。」

「啊，嗯……」浩偉的反應慢了半拍，之後才遲鈍地點了一下頭，沛柔展現出來的氣勢總會讓人在瞬間意識放空。如果沛柔嚮往的就是那樣的生活，那某方面來說，遺跡之下或許眞是她最好的選擇了。

把還在熟睡的另外三個人都叫起來之後，浩偉率先走出帳篷，柯伯伯這時已經把早餐放上餐桌擺好了。

「你們起來啦？」柯伯伯說：「快叫其他人出來吃早餐吧，今天工作前要好好補充體力啊！」

「喔，謝謝柯伯伯。」

沛柔這時也從帳篷走出來跟浩偉站在一起，兩人的視線都在尋找同一樣東西，那就是深夜裡看到的漆黑手印跟足跡。

不過那些痕跡現在都已消失無蹤，浩偉猜是柯伯伯早上起床清掉的，爲的就是不讓浩偉他們看到。

柯伯伯準備的早餐有稀飯、豆腐乳、烤地瓜，以及幾樣他親手栽種的青菜，另外還有昨天剩下的火鍋湯底，烤地瓜的香氣勾起了大家的食慾，每個人經過簡單盥洗後，便一起圍在餐桌旁大快朵頤。

菜色雖簡單，但綱豪、思航跟君涵三人都吃得一臉滿足，沛柔的表情雖然有些嚴肅，但一雙筷子也沒停下來過，倒是浩偉只要一想到半夜發生的事情便胃口全失，吃幾口菜就停筷子了。

不知道昨天半夜發生什麼事的君涵注意到浩偉的筷子幾乎都沒動，便問：「浩偉，你不多吃一些嗎？」

「有啦，我只是在想事情而已。」浩偉趕緊夾了一塊豆腐乳到稀飯裡，爲了轉移大家的注意力，他問柯伯伯：「柯伯伯，文化處的人有說最快什麼時候會來嗎？」

柯伯伯歪頭想了一下，說：「等你們這最後一批志工走後……他們大概下禮拜就會派人過來了吧。」

「柯伯伯你不用太擔心，一定會有好消息的。」思航說：「像我們台中市那邊啊，就有很多日據時期的建築被成功地整建成觀光景點了，而且賣冰的賣吃的都有，還有變成書局的喔，每天人潮都很多，現在有一種年輕人叫做文藝青年，他們特別喜歡這種地方。」

讀建築本科的君涵也說：「對啊，我看和泉礦場的建築都很完整，如果改建成可以讓民眾認識台灣煤礦歷史的博物館，應該會很受歡迎。」

「不管要改成什麼我都沒差啦，只要礦場留著，有人願意來就好了。」柯伯伯突然晃了一下頭，嘆氣道：「只是不知道改建之後，我還可不可以繼續留在這裡……」

柯伯伯的擔心並不是沒有原因的，和泉礦場若是要大整建，柯伯伯的工寮也可能面臨存亡威脅。

「柯伯伯你在說什麼啦？你可是在礦場工作過的人耶！要是礦場成功轉變成煤礦博物館什麼的，政府一定會要你留下來上班啦！你可是最佳導覽員耶！」綱豪爲了證明自己說的是對的，語氣非常激昂，連帶手部用力，幾乎要把地瓜捏爛了。

「我不怕找不到工作啦，可以看到礦場重新活過來，我就很開心了。」

柯伯伯的臉上掠過一絲淡笑，但這抹笑容彷如流星，出現一秒後隨即消失，柯伯伯神情落寞地放下手中的稀飯，再也沒吃一口。他眼神所流露出的，就像是一名完成所有任務，已經無事可做、人生徒剩空虛的老兵。

柯伯伯這麼多年來守在這裡，爲的就是要讓外面的人知道，和泉礦場在這裡，它還活著，還有一絲氣息。那些受過柯伯伯幫助的廢墟迷跟探險者們，透過網路成功地將這份努力傳播出去讓政府看到，並且讓礦場眞的要「活過來」了。但這也代表著柯伯伯這輩子最重要的任務已經完成，政府接手礦場後，會不會讓柯伯伯留下來工作還是個未知數。柯伯伯的存在對礦場來說，已經不再必要了……

╳　卍　╳

比起昨天搬了一堆垃圾，今天大掃除的工作就比較輕鬆了，只要拿掃具把房舍的每個空間清乾淨，並用鐮刀剷除磚牆上的藤蔓就可以了，對經驗豐富的遺跡之下團隊來說，這些工作根本是小菜一碟。

幫忙帶路到礦場後，柯伯伯說他今天必須去巡竹林，跟浩偉約好下午會再上來帶他們下去，便先離開了礦場。其實就算柯伯伯不在，沛柔一樣可以帶路下山，浩偉心裡想著，卻沒有在柯伯伯面前說出來。

礦坑坑口並不在打掃範圍內，但浩偉仍三不五時留意著坑口的動靜，看有沒有石頭被推到地上，不過一直工作到下午，坑口的石牆都保持著完好的模樣。若坑道內眞的有其他人在，那他今天可能對石牆沒興趣，選擇在坑道裡安穩地待著吧！

在下午四點半所有工作都完成之後，柯伯伯也剛好到礦場接他們了。

「希望下次再來這裡的時候，這裡已經脫胎換骨，重獲新生了。」在整裝離開礦場時，浩偉抱著這樣的期許，看了和泉礦場最後一眼。

×　卍　×

把所有工具以及帳篷都收拾上車，這項動作宣告著遺跡之下在和泉礦場的工作正式結束。所有人都坐上車後，柯伯伯透過車窗把一大袋他自己種的地瓜塞給浩偉，說：「這些給你們帶回去吃，之後有空要記得再回來礦場看看。」

浩偉二話不說收下地瓜，他知道婉拒只會讓柯伯伯難為情，收下才會讓他開心。

綱豪將廂型車駛離路口的時候，所有人都把車窗放下對柯伯伯說再見，柯伯伯也站在路邊不停揮著手，直到廂型車拐過轉角，柯伯伯完全消失在視線範圍後，大家才依依不捨地將車窗關上。

「呼！這兩天終於結束了。」君涵整個人在座位上伸了個大懶腰，很快向浩偉提起另一個話題：「所以之後會安排去我阿公的醫院嗎？如果沒有辦法的話，那我就只好自己一個人去囉。」

「不要急，我先問一下我在文化資產局的朋友，看他查到結果了沒。」浩偉拿出手機，但訊號在這個區域還是悲慘的零格。

綱豪往前差不多開了一百公尺後，訊號格終於亮起，每個人的手機通知開始叮叮咚咚叫個不停。

「啊，我那個朋友有通未接來電……他還傳了訊息給我，說已經找到小林醫院的所有權人了，叫我回家之後再打給他。」浩偉點著手機跳出的每個通知，苦笑說：「看來他也知道我被困在沒訊號的山區啊！」

這個時候，沛柔突如其來地接了一句話：「綱豪，可以開回去工寮嗎？」

「蛤？」綱豪詫異地踩下剎車，廂型車剛好停在和泉橋上。

「沛柔，妳有東西忘了拿嗎？」浩偉問，但他心裡知道這絕不是沛柔要求回頭的理由，畢竟一起出來過這麼多次了，沛柔從來沒有忘過東西。

「我只是很擔心柯伯伯，覺得回去看一下比較好。」沛柔說。

「爲……爲什麼啊？」思航抓抓頭，不解地問：「雖然我們要走的時候，柯伯伯看起來是有點難過啦，可是獨居的老人家看到客人要走的時候不是都這樣嗎？像我阿公阿嬤就是……」

「你們是都瞎了還是沒帶眼睛出來？」沛柔粗魯地打斷思航的話，語調中已經帶著一絲怒氣：「你們都沒注意到柯伯伯吃早餐的時候，還有剛剛送我們離開時的眼神跟表情嗎？」

「沛柔，妳慢慢說，妳覺得柯伯伯怎麼了？」浩偉趕緊出聲緩和車內的氣氛，思航被沛柔這樣一兇，整個人幾乎全縮進座椅裡，沛柔要是再大聲一點，只怕思航就要跳車逃生了。

「我以前在部隊裡也看過類似的眼神，」沛柔也發覺自己的聲音確實兇了一點，她深吸一口氣調整好情緒，說：「我曾經在一位士官長臉上看到那種眼神，那是生無可戀、準備好要放棄一切的眼神，那位士官長當時已經完全放棄他的軍旅生涯了，就像柯伯伯覺得自己在礦場的使命已經完成了一樣……」

所以那位士官長發生了什麼事？其他人心裡都想知道答案，但沒人敢問。

「再加上昨天半夜發生的事情，我認爲我們有必要回去看一下，浩偉，你的想法呢？」沛柔把決定權交給浩偉。

雖然沛柔偶爾會特立獨行，但浩偉知道她還是尊重自己這個團長的。

「等一下，昨天半夜發生了什麼事嗎？」綱豪問。

其他三個人還沒搞懂狀況，浩偉就做出了決定。

「綱豪，往回開，我們回去柯伯伯那裡看一下。」浩偉說：「昨天半夜發生的事情，我之後再跟你們解釋。」

╳　卍　╳

柯伯伯的工寮看起來就跟浩偉他們剛離開時一樣，唯一不同的是，柯伯伯不見了。找遍了工寮內外，就是不見柯伯伯的蹤影。

「現在都黃昏了，柯伯伯應該不會再去竹林了吧？」

「會不會是去買晚餐要用的菜？」

「不可能，這裡出去就一條路，他只要出去，我們一定會遇到他。」

當其他人討論各種可能的時候，只有沛柔的眼神死死盯著礦場的方向，浩偉知道她在想什麼，因爲那也是柯伯伯最有可能去的地方。

「各位，」浩偉提醒大家說：「我們去礦場找找看吧！」

「可是沒有柯伯伯帶路的話，很難成功走到礦場吧？」思航說。

浩偉朝沛柔的背後指了一下，說：「等一下大家跟著沛柔走就好了，她知道路。」

「蛤？」綱豪、君涵跟思航的表情全都像當機一樣，停滯住了。

浩偉突然又想到一點，提醒道：「喔，對了，沛柔走得很快，你們要跟緊一點。」

其他人的腦袋才剛重新開機，沛柔已經鑽進草叢朝礦場前進了，浩偉催促著大家跟上，自己在最後面押隊。這次沛柔花的時間更短，只用了十分鐘就趕到和泉礦場，走在後面的四人幾乎是用跑步跟著她走的。

一到礦場，每個人很快就發現哪裡不一樣了。在礦坑坑口處，原本只占據坑口四分之三的石牆，現在全被封起來了。浩偉回想起昨天半夜看到的場景，難道是柯伯伯把它完全封住了？那柯伯伯現在人又去了哪裡？

「柯伯伯！你在哪裡？」

浩偉走到坑口前方，朝四周大叫，沒想到竟從石牆後方傳來了回音：「浩偉？是你們嗎？」

一聽到柯伯伯的聲音從坑道內傳來，所有人馬上在坑口外面圍成一圈，綱豪跟沛柔分別打量著石牆，似乎在思考要怎麼把牆推倒。

「柯伯伯，你在裡面嗎？是誰把你封在裡面的？」浩偉又喊道。

「沒事，不用管我，是我把自己封住的。」柯伯伯的聲音從石牆的縫隙間傳出，他並沒有因爲被關在坑道裡而慌亂，反而十分冷靜地回話：「你們不是回去了嗎？怎麼又回來了？」

「我們有點擔心你，所以才回來的。」浩偉找到石牆中一條比較大的縫隙，從中可以隱約看見柯伯伯的身影，聲音也能完整傳達過去。

浩偉轉頭看了一下沛柔跟綱豪，他們兩個看起來都準備好了，浩偉又朝縫隙說：「柯伯伯，我們現在馬上把石牆推倒救你出來，你後退一點喔！」

「不用，你們不用管我！」柯伯伯這時才顯得有些慌了：「你們快點回去吧，我在這裡不會有事，我早就該在這裡面了，沒事的。」

浩偉還在思考接下來該說什麼時，原本在後面準備的沛柔突然蹲到浩偉旁邊，對著縫隙說：「柯伯伯，我們昨天晚上都看到了，我們看到你自己一個人跑上來，還有那些手印跟足跡也都看到了。」

柯伯伯這次沒有回話，因為沛柔所說的是事實，他無法辯駁，而且他也不是個會說謊的人。

沛柔又說：「至少告訴我們你遇到了什麼麻煩，讓我們幫你解決，好嗎？」

石牆後方沉默了一段時間，浩偉從縫隙中看到柯伯伯一動也不動，許久後他才終於出聲：「我唯一的麻煩就是我自己……還記得我的左眼嗎？」

「記得，你說過你的左眼因為跌倒而失明了。」

「其實這隻眼睛不只是失明而已，它還讓我看到以前的弟兄們。」柯伯伯說：「自從失明之後，我就常看到黑色的人影從坑口推開石牆跑出來……我知道他們是誰，也知道他們要幹嘛，他們要的是我，那些死去的礦工弟兄們是在找我。」

「我從來沒有跟其他人說過，我的許多弟兄都葬身在這個坑道裡，包括找我來的那一位，還有許許多多我介紹來的學弟，他們都還在裡面，但我卻在外面。」

柯伯伯的聲音開始不自然地顫抖，讓他的聲音聽起來又蒼老了數十歲。

「他們常在半夜到工寮找我，試著開我的門，叫我回去陪他們，我總是拒絕他們，因爲我的任務還沒完成，我要讓外面的人知道和泉礦場還在這裡，弟兄們還在這裡……每次他們一跑出來，我就會去把坑口重新補上，但我總是只補到四分之三，我不忍心讓那些葬身坑底的弟兄被封死在裡面，我想讓他們感受到外面的陽光、呼吸到新鮮的空氣……」

坑口外的五人靜靜聆聽著柯伯伯的自白，畢竟這是柯伯伯三十四年來第一次把心事說出口，他們該做的就只有聆聽。

「謝謝你們還特地回來找我，但是我早就決定好，在你們最後一團志工離開之後，就進來跟其他弟兄們待在一起。」柯伯伯的聲音透著濃濃的孤獨，光是聽到就讓人覺得心酸，這正是他一個人守候礦場三十四年的悲痛，「我在世上沒有其他家人，不用爲我擔心，多虧你們，還有其他來礦場探險的人，是你們讓礦場重新獲得存活的機會，我留在這裡的任務也達成了。」像是爲結尾做準備，柯伯伯的聲音突然停下來，喘了好幾口氣之後，說：「礦坑才是我眞正的歸屬，再見了。」

縫隙中的身影閃動，浩偉意識到柯伯伯已經離開坑口，往坑道內走了。

「沛柔！綱豪！」

不等浩偉下令，兩人已經把雙手壓在石牆上，用盡全身的力氣要將石牆往坑內推倒，就連身材較爲單薄的思航跟君涵也跟著一起用力推。石牆抵抗著眾人的力量，發出了如地震般的轟隆低鳴，當第一顆石塊倒下，整面石牆也接連崩塌。眾人跟著往裡衝，石牆後方的斜坑道卻已經看不見柯伯伯了，坑道以接近四十五度的角度往下延伸，直通往礦坑深處的黑暗地帶。

沛柔拿出手機當手電筒，沿著坑道開始往下跑，浩偉跟其他人也很有默契地跟在她後面，彼此不需交談就有了共識。但在坑道盡頭等著他們的，卻是深不可測的積水。不知從何處湧出的地下水徹底掩沒了斜坑以下的空間，五支手機的燈光在水面上四處搜尋，卻完全找不到柯伯伯的身影。

綱豪差點就像在宜蘭川玉澡堂時那樣，脫衣服潛下水救人，但被浩偉即時阻止。因爲在沒有專業潛水裝備的情況下，地下水的溫度會讓人體急速休克，而且下面的空間不是小小的浴池，是沒有盡頭的礦坑。

儘管已經追著柯伯伯來到這裡，他們終究還是無能爲力。

╳　卍　╳

跟進來時相反，要從坑道出去是永無止盡的上坡，礦工們當年都是坐礦車進出的，浩偉一行人靠著雙腿從坑道內走出來時，每個人都耗盡了全身力氣。好不容易終於走出，五個人在礦場的空地上伸長雙腿，圍坐成一圈，就連沛柔的臉上也露出了難得一見的疲累。

現在正是夕陽最漂亮的時間，金黃色的陽光似乎想在消失之前盡量在人們身上留下印記，毫不客氣地灑落在他們身上。浩偉瞇起眼睛盯著夕陽，一句話也說不出來。

不需要多說什麼，因爲柯伯伯已經說得很清楚了，他沒有任何家人。不需要報案，也不需要向什麼人通報，因爲不會有人在乎他的失蹤。但柯伯伯錯了。對於像浩偉這樣曾經受過他幫助的探險者來說，每個人都很樂意接受他，把他當成家人看待。但柯伯伯最終還是選擇回到礦坑，跟另一邊的家人、那些死去的弟兄們待在一起。

坐在浩偉旁邊的沛柔冷不防地用腳尖踢了他一下，問：「浩偉，你覺得柯伯伯去哪裡了？」

「我不知道，」浩偉搖搖頭，說：「但我覺得……柯伯伯還沒死。」

「喔，是嗎？」沛柔的聲音頗不以爲然。

「嗯，他只是跟礦場活在一起而已。」浩偉抬起頭，欣賞著眼前的紅色磚造建築。

「等礦場重新活過來的時候，我們會再看到他的。」

真實存在的遺跡：

桃園礦場

二〇〇〇年，國內的最後四個煤礦場：利豐煤礦、裕峰煤礦、安順煤礦，以及台誠煤礦，正式宣告停工，台灣煤礦業至此畫下句點。

故事中出現的和泉煤礦，是以桃園大溪的順和煤礦為寫作樣本。順和煤礦於日據時期開採，國民政府來台後，由杜姓家族接手經營，當時是桃園第一礦場，直到一九八六年停工。

文中所提的柯伯伯也改編於真人真事，真實故事的主人翁姓何，一九三七年生，本為順和煤礦礦工，退休後在順和橋路口處搭建工寮，從事農墾維生，同時也是杜氏墓園的管理人，許多想在山中尋找順和煤礦卻尋不著的探險者，都曾接受過何先生的幫助。

第五章　無聲消失的人們

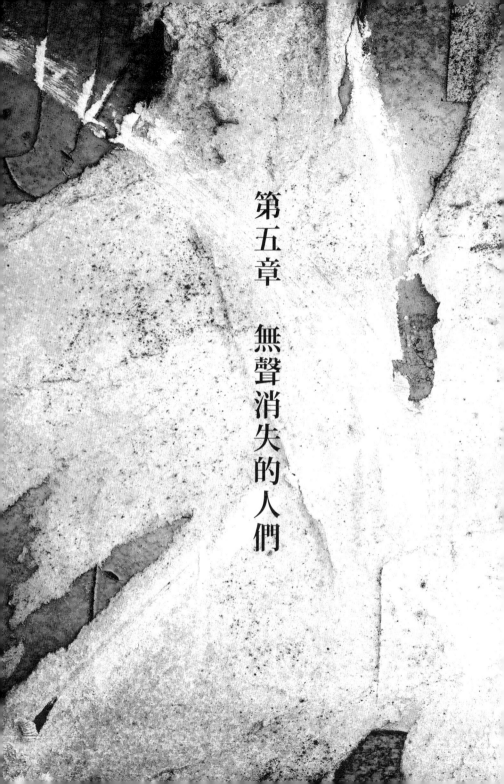

傳入鼻腔的腐朽氣味，以及身體平躺的無能爲力感，都讓君涵知道，她又回到那個夢境裡了。她回到了那個籠罩在腐朽跟黑暗中的地下室，躺在舊木桌上，什麼也不能做。眨眼、說話、嘗試移動身體的任何一個部位，這些在日常生活中能輕易做到的動作，君涵現在一個也做不到。她只能盯著漆黑的天花板，想著：「爲什麼我會在這裡？」

腳步聲傳來，有人正在走近，君涵知道來的人是誰，因爲她在上次的夢境裡已經看到過了。同樣的臉孔從君涵的右側探出來，那是君涵的阿公，小林麟一郎年輕的樣貌。

爲什麼我又回到這裡了？阿公，你想要透過這個夢跟我說些什麼嗎？

君涵想要開口確認，但她一點聲音都發不出來，喉嚨的聲帶沒有半點抖動，全身上下所有部位彷彿都失去了功能，似乎連心臟也停止了跳動。

小林麟一郎低頭看著君涵的神情也沒有任何生命力，令人絕望的灰色塡滿了小林麟一郎的眼睛，整張臉就像沒有血管流過般，一片死白。君涵突然有一種感覺，現在的小林麟一郎與其說是醫生，還不如說是準備行凶的屠夫更貼切。

桌子旁邊發出鏗鏗鏘鏘的聲音，君涵這次聽出來了，那確實是刀具的聲音，刀鋒閃出的寒光像暗器般從視線的邊緣射了進來。下一秒，刀鋒赤裸裸地出現在君涵的眼前，尖銳的刀尖直對著瞳孔正中間，離眼球只有兩、三公分的距離。噗通一聲，君涵終於聽到了自己的心跳聲，同時刀尖也以驚人的速度向君涵的眼角刺了下去。

君涵在劇烈的心跳聲中驚醒過來，原來她剛剛最後聽到的，是自己在現實中的心跳。

「吼，眞是，爲什麼會在這一天做這種夢呀……」君涵緊抓住左胸的領口，一邊看向鬧鐘。

跟上次一樣，君涵在剛過早上六點時醒來，離綱豪的廂型車來門口接她還有一個多小時的時間。

今天，正是遺跡之下前往台南小林醫院的日子。

× 卍 ×

「早安喔！妳等這天等很久了吧？」

廂型車剛在君涵的家門口前停妥，綱豪就放下車窗，像遊覽車上的導遊那樣向君涵招呼著。

君涵有時還是不曉得該怎麼回應綱豪的熱情，只好對綱豪敬了個禮，然後拉開車門坐上車，此時遺跡之下的其他人都已經在車上了，君涵家是最後一站。

「大家早安。」君涵對著每個人打招呼，仔細一看，大家身上的穿著都跟之前不太一樣。維護遺跡的工作並不輕鬆，在忙完一天之後，全身上下的衣服都會被弄得髒汙不堪，所以出任務時，每個人都會穿著就算弄髒也無所謂的工作服出門，但今天大家身上穿的衣服卻特別休閒，就連總是穿著白汗衫就開始幹活的綱豪今天也穿上了新潮的襯衫，讓遺跡之下看起來像是一個觀光團。

會有這樣的變化，主要是因爲今天去小林醫院的目的並不是維護整理，只是先去觀察現況而已，畢竟小林醫院不管在廢墟迷的圈子，或是文化資產的資料中都是個謎，從來沒有人進去過，也沒人知道建築內部的現況。

既然只是先觀察屋況，自然可以穿得舒服一些，加上這次是去美食之都台南，安平老街、古堡等觀光景點就在附近，浩偉便決定這次行程不帶任何工具，看完小林醫院的狀況後讓大家在台南多逛逛，抒發一下之前累積的壓力。

從台南的無名神社開始，一直到川玉澡堂跟和泉礦場，自從君涵正式加入團隊，遺跡之下所去到的三個遺跡都發生了常理無法解釋的情況。雖然探索遺跡本來就有可能遇到不可思議的怪事，但那頂多也只是千分之一的機率，而他們卻連續遇到了三次，就像是有股不知名的力量隨著君涵加入，陸續引發了遺跡背後沉睡的故事。雖然這只是自己的臆測，但浩偉隱約感覺，其他人似乎也有類似的想法，畢竟這幾次在遺跡遇到的事情，實在很難用單純的巧合來帶過。

廂型車出發後，每個人都把話題的焦點聚集在君涵身上，畢竟這次要去的是她尋找多年的地方，意義非凡。

「現在心情怎麼樣？會很興奮嗎？」浩偉問。

「有一點，不過還好啦！」君涵回答。

「等妳完成醫院的模型之後，還會留下來嗎？」思航十分在意地問道。

「還是會留下來啊，因爲跟你們在一起很好玩呀！」

「找到阿公醫院的事情，跟家人說過了嗎？他們有很高興嗎？」綱豪期待地問著。

「啊，我沒有跟他們說耶，因爲他們對阿公的醫院沒什麼興趣，他們好像認爲……既然阿公都去世了，過去的事情也不重要了。」君涵想起家人們的態度，苦笑說：「現在終於找到阿公的醫院，我爸可能還會唸我多管閒事呢！因爲他覺得阿公之前完全不提醫院的事情，代表他不想讓我們知道，我卻還特地把醫院找出來，要是阿公還活著，或許也會罵我一頓吧！」

「先不要這麼說，妳換個角度想想看，阿公搞不好在醫院裡藏了神秘的寶藏或大筆財產，爲的就是要等待一個具有好奇心跟行動力的後輩去尋找。」思航突然拋出一個宛如電影劇情的假設：「也許他在醫院裡還留著一封遺囑，要把醫院跟裡面的寶藏留給第一個發現的人呢！」

浩偉本來想吐槽思航的想法，可是思考過後，反而覺得思航的假設不無可能，要是小林麟一郎眞的不想讓醫院被發現，又爲何要留下那張舊照片？說不定那張舊照片就是某種藏寶圖呢！

「財產什麼的就太虛幻了啦，我只想用另一種方式把阿公的醫院保留下來，不然那間醫院也不知道什麼時候會被拆掉。」君涵突然臉色一沉，說：「另外……我又作了那個夢了。」

君涵把昨天夢境裡的細節描述給其他人聽，這次的細節更豐富，感受上也更爲恐懼，每個人聽完之後都彷彿看見刀尖就在眼前，自己的眼睛也受到了尖銳的壓迫。

「今天做這種夢讓我有點擔心，會不會是阿公不想讓我靠近醫院，所以用這個夢來警告我……」

君涵的聲音越說越小聲，眼看她開始對自己的意念產生動搖，浩偉馬上說：「正因爲什麼都說不準，所以夢才會是夢呀！我在壓力大的時候也會連續好幾天做同樣的夢，不過醒來後，我很清楚不該太在意夢的內容，因爲現實裡的挑戰並不會因爲夢境而改變。」

開車的綱豪爲了表示永不回頭的決心，緊握了方向盤說：「不管怎麼樣，我們就先去再說吧，浩偉可是好不容易才讓屋主答應開放醫院，讓我們進去參觀的耶！」

君涵像是現在才想起這件事情，急忙向浩偉說：「對喔！關於這件事，我好像還沒跟你說句謝謝。」

「不用啦，中間的過程都是我朋友聯絡安排的，我根本沒什麼功勞呀！」浩偉有點尷尬地笑著，這並不是謙虛，這次能成功造訪小林醫院，全都是浩偉在文化資產局的朋友安排的，而且過程比浩偉想像的順利多了，原本以爲屋主會百般刁難，沒想到對方卻一口氣答應了。

「我把你們團隊以前維護過的遺跡照片寄給屋主，並說你們想看看醫院的狀況，希望以後有機會可以幫忙維護，對方認爲這是件好事，馬上就答應了。」朋友當時用一種撿到寶的語氣跟浩偉說：「他們那邊有一個聯絡人，我把他的電話給你，你跟他約好要去的日期跟時間就可以了。」

因爲太過順利，接到電話的浩偉在一時半刻也不敢相信自己的耳朵，他本來打算在對方拒絕之後，把「君涵是小林麟一郎的孫女」這個身分當作王牌使用，不過現在看來用不到了。

「對了，你跟他們接洽的時候記得要有禮貌一點，對方可是當地有名的望族。」朋友在掛電話前又交代了這麼幾句：「他們好像從日據時期開始就是那一帶的鄉紳代表，我把他們家族的資料寄給你，有空再看一下吧！」

出發之前，浩偉依照朋友給的資料，特地查了一下這個家族的歷史。

台灣在清朝統治及日據時期，各地區都會有幾個專門鞏固地方勢力的家族，譬如最有名的五大家族：基隆顏家、板橋林家、霧峰林家、鹿港辜家跟高雄陳家，這五大家族直到現在仍在不同領域擁有一定的影響力。而當時在台南則以陳家爲代表，小林醫院目前的所有權正是在台南陳家的手上。

台南陳家是當時的大地主，擔任著日本政府跟台灣民眾之間的溝通橋梁，爲了跟日本政府打好關係，陳家先花錢投資日本企業，然後提供台灣人許多工作機會，雖爲鞏固勢力，但也算是盡責地照顧著台南鄉親。直到現在，有許多企業仍在陳家的名下，家族中更有人進入政治圈，持續在政經兩界壯大家族勢力。

資料中特別引起浩偉注意的是，陳家在日據時期曾經資助許多台灣年輕人前往日本留學，並在這些學生歸國後出資協助成立本土企業，以此拉拔人才、提供就業機會並振興經濟。如果小林麟一郎也是在陳家的資助下前往日本習醫歸國，並由陳家幫忙開設醫院，那一切就說得通了，醫院招牌掛的雖然是小林，但所有權其實一直都在陳家手上。乍看之下好像一切都水落石出了，但還是有幾個地方浩偉搞不懂。

小林麟一郎離開之後，陳家爲什麼沒有把小林醫院拆掉另作他用，而是繼續保留著原來的樣子？這個問題的解答，只能等見到陳家人之後，再從他們口中問出答案了。

✕　卍　✕

由於假日的關係，台南的觀光客特別多，綱豪開車多繞了三十分鐘之後，才終於找到有空位的停車場。

下車之後，浩偉先帶大家走到運河河畔，再沿著河畔的步道往小林醫院的方向前進。

今天的天氣是不會下雨的涼爽陰天，加上台南運河就在一旁，溼涼的水氣讓歷經兩個多小時車程的眾人都有一種重新活過來的感覺。

迎接生命中的重要時刻，人們總是會不自覺地放慢步伐，細細品嘗這一路來的辛苦，現在的君涵正是如此，在即將親眼看到小林醫院的前一刻，她的腳步也慢了下來。其他人越走越前面，直到浩偉轉頭才發現君涵已經被遠遠拋在後面了。「欸，大家等一下君涵。」

君涵聞聲發現大家都在等她，便小跑步追上來，說：「對不起，還要讓你們等我，呼……」

剛剛在車上半句話都沒說的沛柔這時將手搭上君涵的肩頭，問：「終於要到了，妳一定很緊張吧？」

君涵實在不知道該怎麼表達自己的感受，緊張跟開心的情緒一定是有的，但夢境裡的內容卻又讓她感到擔憂及害怕……如果眞要形容的話，就像是在棒球比賽中，九局下半滿壘時走上打擊區的打者一樣吧！一方面因爲自己有機會可以逆轉戰局而感到興奮，同時也因爲害怕被三振而擔心，就是如此矛盾的心態。

儘管君涵沒有答話，但沛柔卻像能察覺君涵的心聲般，用右手在君涵的背後施加力氣，推著她慢慢往前走。「用妳自己的步調就好了，我們陪妳一起走。」

綱豪跟思航也很有默契地化爲保鑣，分別站到兩人的左右側跟著走。走在最前面的浩偉雖然也配合著這種速度，但他其實是急在心裡口難開，因爲陳家的聯絡人現在已經在小林醫院的門口等他們了，這一拖下去，不曉得對方會不會給臉色看。

不過浩偉的擔心顯然是多慮了，因爲在小林醫院門口等著他們的，是一位笑容可掬、態度斯文有禮的年輕男子，就算浩偉他們遲了半小時才來到小林醫院，男子仍有禮貌地對浩偉行了一禮，說：「你們一定就是遺跡之下了，歡迎你們來這裡。」男子看來大約二十五歲上下，身上穿著訂製的黑西裝，但沒有繫領帶，全身散發著一種簡約卻又不失正式的帥氣。

「你好，不好意思，讓你等這麼久。」浩偉先對男子表達歉意，然後再進一步攀談。

原來男子名叫陳愷，是台南陳家目前掌權的兄弟之中年紀最小的，雖然在家族企業也有任職，不過因爲權力幾乎都在兄長那裡，要忙的事情比較少，所以今天才由他來幫浩偉開門。

「簡單來說，就是因爲我比較閒，才有這個緣分跟你們見面吧！」陳愷完全不介意自己的身分地位，用自嘲的態度開起玩笑，並說：「我在網路上找到不少關於你們的事蹟，你們做這樣的工作完全是志工性質，沒有薪酬可以拿，對吧？眞的很不簡單，在我們家裡，如果付出一堆代價卻無法賺到錢的話，一定會被我老爸狠狠修理一頓的。」

雖然是望族子弟，但陳愷在浩偉面前完全沒有一點架子，他率性又風趣的談話風格，就像那種每個人身邊都很常見的，愛說玩笑話的朋友。

「一聽到你們想要幫忙維護整理這間醫院，我跟哥哥們的意見都是贊同的，畢竟裡面已經好久沒人進去過了，也是時候該好好清理一下啦，就連我也是第一次進去呢！」介紹完自己，陳愷一邊說著一邊轉身拿出鑰匙，準備打開扣在小林醫院門把上的鎖頭。

「請等一下，」浩偉急忙叫住陳愷，因為他有幾個疑問想在進去之前先問清楚：「這麼多年來，連你都沒進去過嗎？」

陳愷轉過臉來，大力點著頭說：「是啊，不只是我，我的幾位哥哥也不知道裡面長什麼樣子。」

「所以這間醫院對你們家族來說有什麼特殊意義嗎？或者說……這位小林醫生是你們家族的什麼人？為什麼要這樣特地把醫院保留下來，卻什麼都不做？」

陳愷微微聳了一下肩膀，說：「我也不知道招牌上的這個小林到底是誰，老爸也沒跟我們兄弟說過，可能是日據時期曾經幫助過我們家或阿公的一位醫生吧！」

當然，陳愷還不知道這位醫生的孫女就在眼前，浩偉偷偷瞄了一下君涵的反應，君涵則是用眼神示意浩偉，現在還沒必要讓對方知道她的身分。

陳愷繼續說道：「當然啦，我們家裡的大哥曾經想把它改建成可以賺錢的景點，因為現在舊房子經過改建後賺大錢的例子有很多呀，但是大哥跟老爸提出改建計畫後，老爸卻跟他說，這間醫院絕對不能動。」

陳愷在最後一句話刻意模仿著父親凶悍的語氣，在神韻上果然有些相似。浩偉在做功課時，也查過陳愷父親的資料。

陳愷的父親，也就是陳家的大家長，陳翊，他對外雖然宣稱已經退休，但陳家兄弟目前在企業上的任何決策還是要經過他的同意。陳翊在退休之前曾短暫從政，在市議會中以剽悍的質詢爲民眾所知，目前網路上仍有不少他質詢時的影片。

「所以這棟醫院是你父親堅持要留下來的？」

「對呀，不只這樣，老爸還交代我們兄弟要固定派人來巡視這間醫院的狀況，並定期更換鎖頭，不能讓醫院被任何人破壞。」

浩偉想起了上次來到小林醫院那股被監視的發毛感，看來他當時就是被陳家兄弟派來巡視的人給看到了。

「那你父親知道我們今天要來嗎？」浩偉又問。

「他還不知道，畢竟你們只是來幫忙清理而已，我們覺得沒必要特地跟他說。」陳愷說話的同時，已經把鑰匙插入鎖頭裡，喀嚓一聲把鎖打開了。他把木製拉門一把拉開，門軌發出宛如許多碎石撞擊般的嘩啦聲。

「好啦，各位，歡迎來到小林醫院。」陳愷抖了一下西裝外套，轉身面對著浩偉一行人。舊照片上的小林麟一郎跟陳愷一樣都穿著西裝，霎時，兩人的身影竟在浩偉眼前重疊，彷彿陳愷就是小林麟一郎的化身。

×卍×

小林醫院的構造是一個狹窄的長方形，從門口進來的地方是最寬廣的，裡面連接著一道走廊，走廊的左側分隔著三間房間，之後就是通往二樓的樓梯。

走廊右側的空間則延伸得比較長，除了跟左側相對的三間房間之外，又繼續往後延展了四、五個空間。整體來說，小林醫院就像是一個缺了四分之一角的長方形，左側走廊在樓梯之後的空間，就全被牆壁給擋住了。

在一進門口的空間，可以看到右手邊有兩排長木椅，應該是提供給候診的病人使用的，左手邊則是一個U字形的櫃檯，從狹小的櫃檯窗口跟內部各種瓶瓶罐罐推測，這裡應該是小林醫院的藥局。

「那麼我就不打擾你們參觀了，你們隨意看看，有看到比較髒亂的地方，準備要整理的時候再跟我說一下，我再一起來幫忙。」陳愷站到候診長椅的後面，讓出空間讓遺跡之的人都能進來。

「我們今天只是先來拍照記錄而已，還沒有要整理。」浩偉四處端詳著醫院的每個角落，說：「不過我必須老實跟你說，看來我們能做的也很有限……」

「欸？這間醫院的情況有這麼糟嗎？」陳愷似乎嚇了一跳。

「不是啦，你誤會了……我從來沒看過這樣完美的遺跡，這裡看起來就好像還在營業一樣，只要再來一個醫生，就隨時可以幫病人看診了。」浩偉露出滿足的笑容說著。這並不是浩偉第一次見識到日據時期的醫院遺跡，但其他遺跡在許多因素的改動下，早已失去了原本的樣貌。

二戰爆發時，台灣也是美軍轟炸的目標之一，當時能夠躲過美軍轟炸，之後又躲過國民政府拆遷的遺跡已是少數，更不用說保存這麼良好的遺跡了。

後來雖然有些遺跡在政府的努力下重獲新生，被改建成咖啡館或觀光景點，但內部卻只保留一小部分歷史文物供顧客拍照參觀，這樣雖然能讓建築的生命延續，但靈魂卻早已變調。相反的，有些遺跡雖然保留了原本樣貌，但卻無人管理，屋內的遺留物在經過小偷及不守規矩的探險者破壞後，早已失去了歷史韻味。

小林醫院在陳家的看守下，其完美的保存程度是浩偉從未見過的，不只每樣東西都放在該有的位置上，在封閉了這麼久的時間後，屋內還是能聞到那股醫院裡特有的消毒水氣味，灰塵跟霉味相較之下反而不明顯。

不等浩偉下達進一步指示，其他人早已移動腳步，開始參觀醫院的各處角落，思航也拿起相機大拍特拍。

浩偉先進到藥局裡查看，櫃子上藥罐裡的藥品雖然早已變質，但貼在罐子上的標籤字樣還是清晰可見，秤量藥物用的天秤等工具也還留在桌上。

走出藥局後，浩偉沿著走廊繞了一圈，先把每個房間的功能給弄清楚。走廊左側的三間房間，第一間是擺放著手術床跟各式工具的外科室，第二間跟第三間則是小林麟一郎的私人臥室跟書房。小林麟一郎雖然留下了醫療器具，但是私人物品卻收得相當乾淨，在臥室中除了床具就沒有其他東西了，書房裡也是除了跟醫學有關的舊書籍之外，找不到任何跟小林麟一郎有關的私人書信。

來到走廊右側，前面的三個房間都是沒有門的開放空間，第一間是看診用的房間，小林麟一郎的圓椅及診桌都還在裡面，桌子旁還靠著一個舊式的公事包，應該是小林麟一郎出診時的專屬工具包。桌子後方有一個巨大的田字格櫃子，每個格子內都有幾張積著灰塵的紙張，浩偉猜這些應該是病人的病歷資料。這些病人可能多數都已不在人世了，但不管時間過了多久，病歷仍屬於個人私密資料，浩偉決定不把病歷抽出來看，繼續移動到下一個房間。

接下來兩間房間的擺設看來都是居家空間，其中一間擺放有太師椅及全套茶具的房間像是接待客人用的客廳，另一個房間內的桌椅較爲簡樸，應該是作爲餐廳之用。

再後面的幾個房間除了仍留有炊具的廚房之外，浩偉就看不出來有什麼用途了，不過依日據時期的生活習慣來看，有可能是浴室、儲藏室，以及存放木柴用的柴間。

浩偉正要上去二樓的時候，綱豪剛好從樓上下來，他苦著一張臉對浩偉說：「如果你不想變得跟我一樣的話，不要上去比較好。」

浩偉注意到綱豪的頭髮跟肩膀全纏滿了蜘蛛網，額頭上也有好幾個擦傷的痕跡，他忍不住笑出來：「豪哥，你是在樓上跟人打架嗎？」

「上面的空間比想像中的矮，小林醫生好像把二樓當成閣樓來用，完全沒有東西。」綱豪揉著頭上的傷痕一邊說話，看來人高馬大的他在二樓吃了不少苦頭。

浩偉拍拍綱豪的背，要他去外面的便利商店借廁所清洗一下，然後踏上往二樓的階梯，他並不打算眞的上樓，只要在樓梯上看一眼就好。

樓梯蓋得很穩，浩偉踩上去的時候幾乎沒有發出任何聲音，上了二樓，他首先看到的就是屋頂的屋架及屋面板，雖然從外面就可以看出來二樓蓋得比較矮，但比浩偉預計得要矮許多，不要說浩偉跟綱豪了，即使讓團隊中最矮的君涵上來，應該也是走上去就會撞到頭了。

浩偉站在樓梯口，試著在這裡找尋蛛絲馬跡，二樓面對運河河畔的那一側有著幾扇對外窗，今天的太陽並不強，透過窗戶照進來的陽光就像快沒電的燈泡，微弱到幾乎快跟黑暗融爲一體。就算如此，浩偉還是看到了窗戶旁邊的一塊床墊，床墊像沒人要的破布般被丟在那裡，但上頭還是留有被人睡過、翻動過的痕跡。

明明樓下就有臥室，爲何還要在這裡擺設床墊？浩偉腦袋中屬於廢墟迷的那一塊開始運轉，聯想著跟遺留物有關的小劇場。

或許，小林麟一郎在疲累的時候，會到這邊躺著，依偎在運河的深夜河景旁就寢。又或者在這裡睡覺的另有其人，可能是來幫小林麟一郎煮飯的佣人，或是他不能見光的情人，甚至可能是小林麟一郎窩藏的間諜……只要一看到有感覺的畫面，浩偉就會腦洞大開無限聯想，這種過程對浩偉來說是種享受，也可以說是廢墟迷最樸實無華的娛樂。

浩偉回到一樓尋找君涵的身影，最後發現她待在看診間裡，仰著頭好像在打量牆壁上的什麼東西。悄悄站到君涵身後，浩偉才看到牆上有一張大大的收費標準表，旁邊還有一張裱框起來的醫師登記證書，證書上貼著小林麟一郎年輕時的黑白大頭照，君涵正是盯著這張照片出了神。

浩偉往外頭看了一下，看到陳愷正在外面講電話後，便在君涵身邊輕咳一聲，成功吸引了她的注意力。當君涵把臉轉過來時，浩偉同時說：「妳怎麼在這發呆？要把這間醫院製作成模型的話，不是應該要把這裡的一切都仔細記錄下的嗎？」

在建物模型這一塊，浩偉完全是個門外漢，但他知道如果要做出精準的模型，就必須準備很多測量數據，不過君涵從進來醫院之後連一張照片都沒拍，拍照最勤的還是攝影狂思航，只見他不停穿梭在每個房間裡拍照，現在又跑上二樓繼續拍了。

君涵看著浩偉的臉，眼神突然停滯了幾秒鐘，短短幾秒的沉默讓浩偉緊張起來，自己該不會是問錯問題了吧？

「我改變主意了，」君涵低下頭別開浩偉的視線，說：「也許我不該擅自把阿公的醫院做成模型，應該讓阿公的過去留在這裡就好了……」

浩偉沒有表現出驚訝的樣子，因爲在他看完醫院裡的遺留物後，也猜到君涵會做出這樣的決定。

君涵用手輕輕摸過小林麟一郎看診用的木桌桌沿，眼神也隨著手指移動著，彷彿想要透過觸覺多感受一點阿公留下的痕跡，觸摸到桌沿的一半時，君涵停下來，再次抬起頭看向牆上的醫師登記證書，說：「你應該也有發現吧？阿公把屬於醫生的一切都留在這裡了，工具、文件、病歷、書本……還有這張證書也是。」

「嗯，我注意到了。」浩偉點頭說：「但是他卻把所有私人的東西都帶走了，這樣的做法就好像……醫生的身分對他來說已經不再重要了。」

把醫生的身分徹底拋下，離開這裡重新生活，小林麟一郎似乎是抱著這樣的決絕心情離開的。

「阿公總是刻意不跟我說以前的事情，如果他的目的就是不想讓我發現這間醫院的話，那我就不應該把這間醫院做成模型。」君涵的手離開了桌沿，緩緩走到醫師登記證的正前方，說：「阿公在這裡應該也發生了很多事情吧，所以才會想把身為醫生的自己徹底捨棄，到新的地方做新的生意，然後遇到阿嬤，阿公的身分從醫生變成了一個好丈夫、好阿公……」

儘管明白這裡是被阿公所割捨的過去，是他不願讓子孫接近的禁忌之地，但親身站在這裡後，所有的感情跟回憶還是從君涵的意識裡湧了出來。

浩偉又看了一下陳愷的動向，發現他還在外面講電話後，提議：「要是跟陳家的人說妳是小林麟一郎的孫女，他們應該會答應讓妳把這張證書帶回去，讓家裡的人做個紀念的。」

「我想不用了，就讓這裡保持原本的樣子就好了。」君涵對著照片中年輕時的阿公笑了一下：「亂拿他東西的話，阿公會生我的氣的。」君涵的這個決定，讓遺跡之下在小林醫院的行程畫上一個暫時的句點。

其他人陸陸續續從小林醫院走出來，陳愷對最後一個出來的浩偉問道：「看完之後怎麼樣？屋內有哪裡需要維修的嗎？」

浩偉對陳愷豎起大拇指，說小林醫院的屋況是他看過的所有遺跡中最健康的，根本看不出來是從日據時期遺留到現在的建築物，所以等下次他們來的時候，應該只需要簡單的清掃就好，不需要太費工的維護。

「希望你們家能繼續保留這間醫院，像這樣完整的遺跡在國內眞的已經很少見了。」在離開之前，浩偉對陳愷說出眞心話。

陳愷也不客套，而是就現實情況回答：「這我不確定耶……等我老爸不在之後，我哥可能就會開始打這裡的主意了，不過我還是會盡量試試看啦！」

或許在未來的某一天，小林醫院也會被改建成另一種樣貌，運氣好的話，小林麟一郎的所有物品會被妥善收藏，展覽給民眾看，運氣差一點的話，小林麟一郎曾經身爲醫生的證明將被丟入垃圾場，再也不存在了。

× 卍 ×

結束小林醫院的行程後，時間剛過十一點，正好是吃午餐的時間，浩偉按照今天的計畫，讓團隊到安平老街逛逛。

小林醫院跟安平老街之間還是有一段距離，但是又擔心把廂型車開過去後會找不到停車位，於是浩偉叫了兩輛計程車，分批把所有人載到老街。

一下計程車，綱豪一口氣叫出好幾項美食的名字：「餓死啦！牛肉湯！蝦餅！蚵卷！蚵仔煎！我們來啦！」

「我來帶路吧，吃完之後我還有一個特別的地方想帶你們去。」浩偉說。

浩偉口中那個特別的地方，指的正是問到小林醫院地點的冰店，要是沒有冰店的那位老人，浩偉根本找不到小林醫院。在老街繞了一圈，把每個排隊美食都吃過一輪後，浩偉帶大家來到那間冰店，不過在最裡面的座位上卻沒看到老人的身影。浩偉本來想當面跟那位老人道謝，沒想到卻撲了個空，雖然有些失望，但冰還是要吃的。

走了好幾間店，吃了一堆東西的大家原本已經累了，但滿桌的紅豆牛奶冰送上來後，香甜的紅豆、滑順的煉乳及冰涼的剉冰重新激起了大家的食慾。

「我們什麼時候能看到君涵妳做的模型呀？我還蠻期待的耶！」剉冰下肚後，思航就把話題拉回小林醫院，並接著說：「我今天在醫院裡拍了很多照片，如果妳有需要用到的話，儘管跟我說不用客氣。」

「啊，那個……」君涵挖剉冰的湯匙突然停了下來，一時之間不知該怎麼回應才好：「我沒有要做了啦，我後來想了一下，還是不要把阿公的醫院做成模型會比較好。」

除了早就知道的浩偉之外，其他三人都放下湯匙，各自發出驚訝的聲音。

「怎麼會……」思航的失望一覽無遺地寫在臉上。

「為什麼放棄了？這不是妳堅持了很久的信念嗎？」一直都很支持君涵的沛柔說。

「浩偉為了找到妳阿公的醫院忙成這樣，妳怎麼突然改變主意啦？」綱豪的表達更是直接。

「不是啦，你們聽我解釋……」君涵只好放下湯匙，把跟浩偉說過的話再一次重複說給大家聽。

君涵的說法獲得了大家的理解，綱豪跟思航繼續挖冰吃，只是思航的臉上還是難掩失望，沛柔則是向所有人提問：「君涵的阿公為什麼要拋下醫生的身分，你們都不好奇其中的原因嗎？」

當然會好奇，而且超級想知道的，這是浩偉的心聲，但又有誰能來解答呢？

「想知道原因也沒辦法了，因為知道答案的可能只有兩個人，第一個人就是君涵的阿公，但他現在已經不在了，另一個則是叫兒子們嚴格看守醫院的陳翊，不過以陳翊的地位跟脾氣來看……我們要是真跑去問他的話，應該會直接被他轟出來吧！」浩偉說：「而且我覺得……君涵的阿公不想讓君涵知道真相，一定有那個時代的苦衷，出於對他的尊重，我想不要去追尋答案，應該是比較好的選擇。」

浩偉說完後觀察了一下君涵的反應，只見君涵一邊點頭一邊吃冰，看來她也贊同浩偉所說的。

既然小林麟一郎決定對君涵保守這個秘密，那就不應該去刺探，大家心中都有了這份共識。這時誰都沒想到，接下來的事態發展將會逼得他們不得不去碰觸小林麟一郎的秘密，甚至將這秘密從醫院深土中掘出……

×　卍　×

「等一下能去漁人碼頭看看嗎？我想在河邊多逛一下。」

吃完冰後，君涵提出了這樣的請求，預先做過功課的思航也贊同道：「我覺得可以喔！那邊全天都有坐船遊河的服務，我們可以去體驗看看。」思航說話時手還不停摸著相機，看來他的攝影癖又發作了，想從船上多拍一些美照回去吧！

現在時間才剛過午，浩偉也不想這麼早回台中，只是他對於接下來的行程並沒有計畫，君涵與思航提出的建議剛好彌補了下午的空檔，於是便答應道：「好啊，我們就去坐船吧，是要去那邊排隊買票嗎？還是需要預約？」

思航已經打開手機，查閱相關網頁：「我正在查，等一下喔……平日才需要預約，假日的話可以直接去現場等船，現在走過去剛剛好，只是擔心觀光客會很多。」

「有觀光客才有那種觀光景點的感覺呀，雖然跑去人擠人不太符合我們平常的作風，不過今天我們的身分也是觀光客，不去擠一下好像說不過去耶！」綱豪笑咪咪地說，整個人已經完全變成觀光景點裡常見的喧嘩大叔了。

要從安平老街去到漁人碼頭，只需要往南走，經過安億橋後就到了。安億橋因為橫跨運河，連接著安平跟億載金城，因此得名。橋上不只設置了供遊客行走用的寬步道，橋底下也有河底景觀步道，遊客在橋上能夠清楚觀賞台南運河的景觀，在河底景觀步道則是能透過玻璃帷幕欣賞河底風光，水質清澈的話，還能看到在河中優游的魚群。

果然如猜測，浩偉一行人還沒走到漁人碼頭，就已經在安億橋上跟其他遊客擠成一團，原本五人還相當緊密地走在一起，上橋後卻被人潮分隔開來，每個人之間都隔著不少遊客。走在最後的浩偉更被一群拍團體照的中年人擋住，等他好不容易繞過去時，前面已經看不到其他團員的背影了。

雖然落單，但浩偉並沒有加快腳步去追其他人，因為在這種遊客如織的人潮中，趕路只是自討苦吃，其他人應該會在漁人碼頭前面集合等他一起坐船，沒什麼好擔心的。這麼想的浩偉索性配合著其他遊客的步伐，在橋上緩慢前進，在走到安億橋的中間點時，浩偉看到了君涵。

在安億橋的中間處，橋邊兩側各有一塊凸出來的半圓形空間，主要是提供給遊客拍照跟觀賞河景風光，此刻也聚集了許多觀光團體，正在輪流等著拍照。君涵就站在團體拍照位置的旁邊，面對著河面，將身體靠在橋邊的圍欄上，跟周遭吵鬧的觀光團體相比，她像是個固定不動供人取景的雕像。

浩偉從遊客之間找到空隙，鑽到君涵的旁邊問：「妳怎麼停在這邊？其他人呢？」

看到浩偉突然出現，君涵像是偷懶被抓包一樣，俏皮地笑了一下：「他們都走到很前面了，我想說在這邊休息一下，看一下河景再過去。」

說起來，一開始提議要來逛運河的也是君涵，浩偉猜想，她或許是在發現阿公不想讓其他人知道醫院存在的意圖後情緒受到衝擊，想藉由其他事情來轉移注意力吧！

浩偉也把上半身靠在圍欄上，問：「現在心情好一些了嗎？」

「嗯，好多了……不知道爲什麼，從阿公的醫院出來之後，我就覺得一定要來好好看一下這條河。」君涵把被風吹亂的長髮從臉上撥開，說：「就好像這條河在叫我來看它一樣，很奇怪，不知道是不是阿公叫我過來的……或許阿公希望我這次來台南，留在回憶裡的會是風景，而不是他的醫院。」

浩偉沒有作聲，而是跟君涵一起看著河面，許多載滿遊客的船艇已經在運河上行駛，遠方更能看到市區中的高樓及河邊來往的人群，遊客群的聲音都被排除在外，半圓形的空間內彷彿只剩下他們兩個人。要是可以選擇的話，浩偉也想這樣跟君涵在這裡靜靜地待一個下午，但其他人現在搞不好已經在漁人碼頭等他們了。享受短暫的寧靜後，浩偉提醒君涵，該繼續往前跟其他人會合了，君涵則說：「我想在這裡再待五分鐘，可以麻煩你跟大家說我等等就過去嗎？」

君涵的這句話等於是婉轉地表達「我想一個人獨處一下」，浩偉意會過來，答應了君涵的要求。

浩偉退出半圓形，把空間留給君涵，重新加入遊客人潮的行列，繼續往漁人碼頭前進。果然，浩偉一下橋就看到漁人碼頭的指示招牌，沛柔、綱豪跟思航就站在指示牌下，三個人正伸長脖子在人群中尋找浩偉跟君涵的蹤影。

「君涵說她等一下就來了，我們在這邊先等一下吧！」跟其他人會合後，浩偉向大家轉述了君涵在橋上的心境。還在老街吃東西的時候，大家就隱約察覺君涵的心情有些沉悶，現在總算知道原因了。

但浩偉跟其他人在原地等了十分鐘之後，還是沒看到君涵從安億橋下來。浩偉又多等了五分鐘，才拿出手機打給君涵，但響沒幾聲就被轉入語音信箱，思航也傳了好幾封訊息給君涵，但都顯示著未讀取，難不成君涵把手機調成靜音，在橋邊完全忘記時間了嗎？

「我回去橋上找她，大家等一下。」

浩偉想再回到橋上，卻被沛柔一把拉住。「情況不太對勁，君涵完全不讀不回，這不像是她的作風，我們一起回去找她會比較好。」沛柔說，「不過最好還是留一個人在這裡，以防君涵回來這裡等我們。」

經過簡短的討論後，浩偉決定讓思航留在原地，他跟沛柔及綱豪再回到橋上找人。浩偉在人潮間穿梭，回到橋中間的半圓形空間一看，除了拍照的人群仍不斷更換之外，君涵的身影已經從圍欄邊不見了。

「浩偉，君涵剛剛是站在哪個位置？」沛柔問，浩偉指出位置，沛柔馬上站到同樣的位置上，伸出脖子往橋下查看。

浩偉知道沛柔在擔心什麼，但他一直努力不去想那樣的可能性。

「橋下沒東西。」沛柔把脖子縮回來，轉頭說：「君涵如果跳下去的話，一定會有痕跡，而且橋上這麼多人，河面上也有很多船在行駛，一定會有人看到。」

也就是說君涵不可能從橋上跳下去，浩偉雖然鬆了口氣，但這樣一來，君涵還會跑去哪裡？浩偉拿出手機打給思航，但思航那邊表示還沒看到君涵，沛柔也嘗試繼續聯絡君涵，但不管是電話或訊息，君涵都沒有回應。

就在這時，綱豪指著橋的另一端，說：「君涵有沒有可能從另一邊下橋，往回走了呀？」

「不是呀，她沒事幹嘛走回去呢……」浩偉話剛說完，一個想法突然在他腦中乍現。要是君涵留在橋上的目的，爲的就是故意讓其他人找不到她，然後自己偷偷回頭，走去其他地方呢？真是這樣的話，那她可能回去的地方就只有一個。

× 卍 ×

君涵從黑暗中醒來。熟悉的腐朽氣味竄入鼻腔，頭暈目眩的不穩定感在君涵的腦袋裡四處衝撞，但君涵還是能辨別得出來，她是躺著的。

氣味、黑暗的環境、恐怖的壓迫感，種種結合起來，君涵知道她又回到了夢中的地下室。但這次似乎特別不一樣……這次好像不是在作夢。

我是怎麼來到這裡的？君涵強壓著腦袋裡爆裂的疼痛，努力回想著模糊的記憶。閉上眼睛，破碎的字詞跟片段畫面在意識中飛舞，君涵試著伸出想像中的雙手，把這些回憶拼湊起來。

台南，醫院，牛肉湯，紅豆牛奶冰……

安億橋，橋上的風景……

浩偉出現，浩偉離開，剩下自己一個人，然後是……

平靜的水面，然後出現了……

君涵終於找到最後一段記憶。

當浩偉離開，剩下她一個人看著運河的水面時，她看到了那些東西。

好幾張模糊、慘白的臉孔，隔著水面與橋上的她互相對望。

水鬼？

君涵剛這麼想，那些藏在水面下的臉孔突然越來越大、越來越清晰，眼看著就要突破水面，朝橋上襲來。

他們要上來了！

出於面對衝擊的本能反應，君涵往後退了半步，接著一股宛若從海底深處傳來的冰冷感馬上覆蓋了她的全身。

被抓住了！

君涵下意識這麼想著，她最後的記憶也停在這個段落。

是被什麼抓住？君涵不知道，但當時那種被冰冷覆蓋全身的感覺，就像是整個人泡在水裡，然後被網子層層纏住撈上來，無法掙脫，只能任人宰割。而這股冰冷感，直到現在都還留在身上。

好冷。

這種冰冷對心臟的凌遲比冬天被強迫洗冷水澡還要強上百倍，但君涵的身體沒有發抖，牙齒也沒有打顫。她的身體就像失去所有機能，神經已經感受不到四肢的存在，從手臂到最薄弱的眼皮都無法動彈，身體也無法因應溫度產生的變化，讓寒冷直接侵襲著神經深處，君涵甚至不知道自己有沒有在呼吸……這種感覺就像死人一樣。

死亡就是這樣的感覺嗎？意識仍留在體內，卻什麼事情都不能做，只能任憑靈魂跟身體遭受可怕的遭遇。所以當屍體被火化的時候，我也能感覺得到嗎？

更深一層的恐懼侵蝕讓君涵開始顫抖，但並不是生理上的發抖，而是無法傳達到外面的，幾乎讓靈魂裂開、像地震般的顫動。

╳ 卍 ╳

急忙與思航會合後，四個人叫了計程車趕回小林醫院，綱豪看了一下門口的狀況，陳愷鎖回去的鎖頭仍好好地扣在門把上，窗戶也都完好無損。

「你覺得她眞的有可能回來嗎？」

「除了這裡，我想不到她還會去哪裡。」浩偉拿起鎖頭晃了一下，確定還是鎖著的之後，轉頭向沛柔跟思航問道：「聯絡上了嗎？」

沛柔跟思航一起搖了搖頭，兩人都把手機握在手上，沛柔從在計程車上開始就不停打電話給君涵，但都被轉入轉音信箱，思航也傳了上百封訊息給君涵，但沒有一封已讀。

浩偉扭過頭再看了一下小林醫院，拿出手機說：「我打給陳愷，請他來開門，我們進去看看情況再說。」

「可是……就算君涵眞的回到這裡，她也沒有方法可以進去啊！」綱豪指著小林醫院完好的門窗，提議道：「我們要不要先報警？君涵也有可能是被別人強制帶走的呀！」

「橋上沒有監視器也沒有證人，而且君涵不見到現在只不過一個小時，警察才不會理你。」沛柔掛掉剛被轉入語音信箱的電話，冷冷地否決綱豪的提議之後，又附和著綱豪的一部分說法：「但是你說的有部分確實是對的，門窗都沒被破壞，就算君涵眞的回來，她也進不去。」

「不對，門有沒有鎖、進不進得去根本就不是問題。」站在小林醫院門口的浩偉轉過身來，他將雙手插在腰上，面對著每個人說：「問題在於她是君涵呀！你們懂嗎？」

「唉？」

三人之中只有綱豪發出疑問的聲音，沛柔跟思航像是聽懂了浩偉的意思，默默點了點頭。

看到另外兩人的回應，綱豪急著問：「不對呀，你們都聽得懂嗎？這是什麼意思，至少也解釋給我聽吧？」

「豪哥，難道你都沒感覺到嗎？」思航看向綱豪，表情無奈地說：「自從君涵加入我們之後，幾次去的遺跡都不太安寧呀！」

「咦？是嗎？」

沛柔伸出手指一一算著：「無名神社、玉石澡堂，還有上次的和泉礦場，你自己回憶一下，我們都遇到了什麼事吧！」

綱豪歪著頭，像是在認真回憶最近幾個遺跡所發生的事情，然後恍然大悟說道：「啊，好像真的是這樣，從她加入之後，我們去每個遺跡都被弄得雞飛狗跳的。」

「這些事情不可能用巧合來解釋，她身上好像有一股能量，總會引來怪異的事件。」

浩偉苦笑著說：「我並不是說這樣不好，只是這股能量終於也影響到她了，說實話，就算她現在人飛到月球上了，我也不意外。」

「喔喔，因為她是君涵嘛！」綱豪終於聽明白了。

「打給陳愷吧，不管君涵還在不在地球，我們最好先進到醫院裡看一下。」沛柔對浩偉點了一下頭，支持他的決定。

浩偉把手從腰際放下來，撥出了陳愷的電話。

「喂，陳先生嗎？我是遺跡之下的浩偉……對，我們上午剛見過面，是這樣的，我們有團員的手機不見了，不曉得是不是掉在小林醫院裡忘記帶走，能麻煩你來開個門讓我們進去找嗎？很快就來嗎？大概十分鐘嗎？好的，我們在門口等你，謝謝。」

× 卍 ×

手機的鈴聲跟訊息通知聲從剛剛開始就一直在響。這些聲音對君涵帶來了兩種意義，現實與希望。

手機的聲音等於正在向她宣告著現實，這不是夢，但同時也代表著希望，因為有人正在不斷試著聯絡她、尋找她。

她感受不到手機的震動，所以無法確定手機是不是還在自己的口袋裡，其實不管手機在哪裡都一樣，因為她完全沒辦法伸手去拿手機。但是從聲音聽起來，手機的距離跟她應該不會超過一公尺。

無法確定時間，君涵不知道自己在這裡躺了多久。在黑暗中無力地躺著，隨著時間的拉長，君涵的眼睛慢慢適應黑暗，也能聽到這個空間內的許多細小聲音。現在的她可以聽到桌底下蟑螂爬過時的動靜，也能聽到牆洞中老鼠的叫聲。很快的，她也察覺到另一個更恐怖的事實，那就是旁邊還有其他人的存在。

雖然無法轉頭移動視角，君涵還是能從視線邊緣注意到那些人的存在，但卻感受不到他們的氣息。在夢中，跟她一起待在這空間裡的人是年輕時的阿公。但在現實中，跟她待在這空間裡的卻不只一個人。

君涵用眼角餘光一一數著，在一旁站著的至少有五個人。他們完全不說話，完全不動作，就只是靜靜站在那裡，連半點呼吸氣息都感受不到。如果不是假人的話，那他們就是死人了，君涵不曉得哪一種可能比較荒唐。

君涵拚命地用餘光盯著那些人，想認出他們的身分。終於看清楚其中一個人的臉孔時，君涵發現，那正是她在安億橋所看到的，藏在水面下的其中一張臉。

╳　卍　╳

「你打電話來的時機眞的算得很好，我剛好在附近跟朋友見面，還沒走遠，要是晚十分鐘再打給我，可能就沒辦法這麼快趕過來了。」陳愷來的時候，臉上一樣帶著率性的笑容，跟表情緊繃的浩偉等人形成強烈對比。

陳愷走去開門的時候也感覺到眾人間的氣氛有些不同，而且還少了一個人，他用輕鬆的語調詢問：「你們不是還有一個很漂亮的女生嗎？她去哪裡啦？」

「她等一下就過來了，我們先進去裡面找手機，請快一點。」浩偉說得又急又快，將急迫感全壓縮在句子裡，讓陳愷呆了一下。明明什麼事都沒做，卻得承受這樣的情緒，雖然有點對不起他，但浩偉實在是顧不得這麼多了。

陳愷一把鎖頭打開拿起來，浩偉就率先拉開門，像炮彈般衝了進去，另外三人也像連發子彈一樣飛速跟進去，這讓留在門外的陳愷又是一陣傻眼。

「思航去檢查二樓，沛柔妳從最後面的廚房開始檢查，綱豪你檢查左邊的房間，我去看右邊的。」浩偉很快向團員們分配了任務，每個人各自散開後，陳愷才慢慢踱進候診室裡，他是越來越看不懂這些人在做什麼了。

浩偉在餐廳、客廳及看診間裡都沒找到君涵，所有的一切看起來就跟他們上午離開時一模一樣，浩偉沮喪地退回候診室，大喊道：「有找到嗎？」

「不在二樓。」思航拍著滿頭的蜘蛛網從樓上走下來。

「我這邊也沒看到。」沛柔跟綱豪各自從後面跟左邊的房間走出來，兩人也都沒找到君涵。

浩偉面如死灰，難道君涵真的不在小林醫院裡嗎？

「你們確定手機真的掉在這裡嗎？」還搞不清楚情況的陳愷，卻在這時提出了關鍵的建議：「你們有打過那支手機了嗎？如果真的在這裡的話，應該會聽到聲音吧？」

所有人同時睜大眼睛看向陳愷，這讓陳愷又是一愣，說：「呃，這不是常識嗎？有時在家裡找不到手機，我都會叫我哥打我手機，然後聽在哪裡……」

浩偉確實忽略了這一點，因爲從君涵不見之後，她的手機就一直沒有回應，「手機被靜音」的可能性已經深埋在他們的潛意識，才會讓他們一進入醫院後一心想的就只有找到君涵的「人」，反而忘記了「手機」這個重要的工具。

沒等陳愷把話說完，浩偉已經向他發出嚴肅的「噓」聲要他安靜，同時撥打了君涵的手機。

陳愷做出用拉鍊把嘴巴關上的動作，同時也無奈地聳了一下肩膀。

小林醫院裡回歸寂靜，浩偉閉上眼睛，凝神聽著醫院每個角落傳來的微小聲音，當手機話筒傳來君涵的來電答鈴時，微弱的手機鈴聲也從醫院某處傳了出來。

「在這裡！」距離聲音發出點最近的沛柔敲了一下牆壁，說：「是從這裡面發出來的。」

沛柔所敲打的地方，是左側走廊後半部分的牆壁，也就是長方形中所缺的那四分之一角。浩偉把耳朵貼到牆壁上，果然能聽到君涵的手機鈴聲從後面傳來，而且聽起來像是從腳底下傳來的，感覺裡面還有另一個空間。

「綱豪，你可以嗎？」浩偉敲了一下木牆，聲音聽起來果然是中空的，牆面想必也不會太厚。

「喔！」綱豪旋轉著雙臂，他先站到牆前選了一個位置，然後往後退幾步，擺出橄欖球員衝撞前的預備姿勢。

「欸欸，等一下，你們這到底是在幹嘛？」陳愷還來不及問清楚爲什麼手機鈴聲會從牆壁後面傳出來，綱豪的身體已經往牆上撞了過去。

× 卍 ×

手機又響了。不只如此，君涵從剛剛就聽到有聲音從天花板上傳來，感覺有人正在她的上方走動、談話。終於有人來了，君涵終於看到了希望。

我在下面啊！

君涵在心中吶喊著，希望能藉由意念把這聲音傳達出去。但現在，除了手機鈴聲之外，上面那些人的腳步聲跟說話聲已經完全消失，再也聽不到了。

他們最後還是選擇離開，放棄找我了嗎？

好不容易燃起的希望從君涵的心中熄滅，而旁邊的那些人，他們的面孔卻在笑，君涵現在已經能從眼角一一看清楚他們的臉孔了。都是年輕男女的臉，面貌都很俊美，但他們的髮型跟妝扮卻有一種復古的視覺感。

他們是在笑永遠不會有人來救我嗎？是在笑我活該受到這種遭遇嗎？我到底做了什麼，要受到這些人的嘲笑？

無辜跟悲憤的情緒混雜在一起，君涵卻連一滴眼淚也流不出來。手機鈴聲停了，整個空間又歸於寧靜。

……不對，上方又傳來聲音了。

有一種劍拔弩張的氣息，正在上方醞釀著。下一秒，巨響傳來，物體破碎的聲音跟亮光一起震撼了這個空間。好幾道亮光由上而下進入空間，慢慢靠近，照射在君涵的臉龐。君涵總算聽到了熟悉的聲音。

× 卍 ×

「哇靠！冷死了！」一走進地下室，綱豪全身馬上起了雞皮疙瘩，明明沒有裝設冷氣設備，但這間地下室的溫度卻直逼生鮮賣場的冷藏室。每個人的手上都拿著手機照明著，這間地下室就像是另一個外科室，中間有一張手術床跟各種工具，當浩偉看到君涵的時候，君涵正躺在那張手術床上一動也不動。

浩偉跟沛柔一起把君涵扶起來，君涵冰冷的肌膚觸感差點讓浩偉做好最糟的打算，還好在沛柔的緊急檢查下，除了體溫偏低之外，君涵的呼吸、心跳跟各項生理反應都很正常，陸續叫了幾次君涵的名字後，君涵也慢慢恢復意識了。

「你……來了……」君涵努力地控制著嘴唇的肌肉，試著說出完整的句子。

浩偉把身上的外套披到君涵身上，並用還有餘溫的手掌摩擦著君涵的雙手，說：「我們先帶妳上去再說，走吧。」

「旁……旁邊的人呢……」

「妳在說什麼？旁邊沒有人啊！」浩偉說，雖然還沒檢查整間地下室的環境，但剛才走下來的時候，第一眼確實只看到君涵一個人。

「喂，大家……」一下來就拿著手機到處照的思航似乎發現了什麼，他將燈光集中在地下室最後面的那張牆上，問道：「你們覺得這是眞的嗎？還是只是模型？」

每個人都順著思航的燈光往最後方看去，在大腦終於理解眼前所看到的畫面之後，地下室的溫度在這一瞬間似乎又下降了好幾度。

在牆上有著一整面的櫃子，它像書櫃一樣由許多長木板組成，但在那些木板上躺著的並不是書，而是五具已經化爲枯骨的屍體。

╳　卍　╳

看到綱豪把牆壁撞破，本來氣急敗壞在跳腳的陳愷，在看到地下室的君涵及五具屍骨後，驚駭地說不出話來，從反應來看，陳愷是眞的不知道這間地下室的事。

除了躺在櫃子裡的五具屍骨之外，浩偉也檢查了一下地下室的其他工具，這個空間跟樓上的外科室明顯不同，放在這裡的工具並不是醫治人用的，而是像屠宰場的刀具，是用來肢解跟取走生命的。

君涵從地下室被救出來後，就一直坐在候診室的長椅上休息，她全身裹滿了其他人給的衣物，沛柔在一旁監控她的身體狀況，本來考慮要叫救護車，但眼看君涵的呼吸、心跳跟體溫都逐漸恢復正常，沛柔便覺得沒有這個必要了。

「呃，那個，各位……」浩偉陪陳愷從地下室走上來後，陳愷明明沒有犯錯，但他還是用愧疚的語氣跟大家說：「我真的不知道地下室的事情……說起這個，這位小姐又是怎麼跑進去的啊？」

「就算你對地下室不知情好了，但在裡面發現屍體是事實。」浩偉巧妙地轉移話題，將焦點集中在陳愷最在意的部分：「我說我們應該報警，請警方來處理才對。」

一聽到要報警，陳愷果然就慌了：「等、等一下，還不用急著叫警察來，或許那五具屍體會在下面是有原因的……」

家族名下的建築發現了不明的屍體，這件事情要是曝光，對陳家來絕對是一場負面風暴，浩偉趁陳愷心裡正急的時候，接著說：「地下室裡到底發生過什麼事，應該只有陳翊知道吧？」

「我老爸呀……對，我想他應該是知道的。」

「那請他來跟我們解釋就好了，只要能得到合理的解釋，我們就不會報警。」

「喂，你這是在跟我老爸談條件嗎？你瘋啦？要是發生什麼……」

「你跟你爸說，小林麟一郎的孫女也在這裡，我相信他很快就會趕來的。」浩偉終於翻出了王牌。

這招讓陳愷更亂了：「小林麟一郎的孫女是哪一位？妳嗎？還是妳？」

陳愷輪流盯著君涵跟沛柔，沛柔狠狠一瞪，把陳愷嚇得往後退了半步。

「好啦，我打給他問問看就是了……」陳愷終於決定妥協，走出醫院打電話，三分鐘後，陳愷愁眉苦臉走了進來，想必在電話中被陳翊罵了一頓吧。

「我老爸說他很快就到。」

看到陳愷被罵的模樣，浩偉也很過意不去，畢竟陳愷幫了他們很大的忙，但想知道小林麟一郎跟這間醫院的秘密，也只能透過這種方法了。

等待的時間，思航跟綱豪一起去便利商店買熱飲回來，五個人擠在長椅上一起喝著，因爲大家身上仍殘留著地下室中的低溫，就算把熱飲喝下肚，身體還是無法完全擺脫那股冰冷。

突然，一陣引擎聲停在醫院外面，陳愷匆匆跑了出去，接著是有人大力把車門甩上的聲音，看來對方來勢洶洶，並不好惹。

「浩偉，你可以搞定嗎？」思航手中雖然握著熱飲，身體卻還在發抖。

「我會試著跟對方溝通看看，要是溝通不了，就再看著辦吧。」浩偉話剛說完，陳翊就走了進來，陳愷則跟在父親的身後一起進來。

陳翊已經六十多歲了，但跟前幾年浩偉看到他在電視上剽悍質詢的模樣相比，陳翊並沒有顯得過於老態，他的一身腰脊挺得筆直，長期維持的運動習慣讓身材維持在標準狀態，雙眼像是蘊藏著源源不絕的精力。

陳翊走到走廊中間，朝著被撞破的牆壁冷冷瞥了一眼後，轉過頭對浩偉一行人說：

「陳愷跟我說過事情的經過了，沒想到國內還有像你們這樣的團體存在呀，我也是大開眼界了。」開場白就到此為止，陳翊是那種廢話少說的硬漢，接著開門見山說：「在地下室裡的東西，就請你們當作沒看到，我會資助你們團隊一筆錢，以此作為交換，怎麼樣？」

「陳先生，我們要的不是錢。」浩偉從長椅站起來，說：「我們想要知道這裡發生過什麼事，還有小林麟一郎發生過什麼事，只要你告訴我們眞相，我們就不會報警了。」

「眞相……」陳翊低下頭噴了一聲，很快又抬起頭問：「你們誰是小林麟一郎的孫女？」

君涵慢慢舉起手：「是我。」

「有什麼證據可以證明嗎？」陳翊抖了一下眉毛，這是他以前在政界質詢時的習慣動作，沒想到退出政壇後，這動作卻還是改不掉。

君涵在懷中一陣摸索，拿出一張照片遞了出去，那張照片就是君涵一開始給浩偉他們看過的，小林麟一郎站在醫院前的舊照片。

陳翊接過照片，放在眼前仔細端詳了一陣子，為了防止他把照片撕掉，浩偉跟沛柔早已蓄勢待發做好搶回照片的準備，但陳翊點了一下頭後就把照片還給君涵，說：「我可以說出眞相，但我只能跟小林麟一郎的孫女說。」

「不行！」君涵馬上抗議：「要說就一起說，反正我也會跟其他人說，結果都一樣。」

一個小女孩竟然敢跟自己討價還價，只怕陳翊從來沒有過這種經驗吧，他愣了一下，然後哈哈笑了幾聲：「好吧，我跟你們說清楚就是了……陳愷，你拉椅子一起過來聽，反正這件事你遲早也會知道的。」

陳愷從客廳裡拉了兩張椅子出來，陳翊彎曲膝蓋，慢慢坐到椅子上，說道：「我必須先聲明，這些事情我並沒有參與其中，而是我父親告訴我的，這都是他們那個年代的故事了。」

陳翊將眼神停在君涵身上，說：「妳阿公，小林麟一郎從日本回來之後，我父親很看重他的才華，所以幫他開了這間小林醫院，讓他有能力可以幫助鄉里，不只是他，我父親當時還幫助了許多跟妳阿公一樣的年輕人，出錢好讓他們留學、開店，一起讓這個地方、讓陳家更茁壯。」

「當時的情況真的是很好，雖然那個時候日本跟中國戰爭已經開打了，但台灣還沒受到影響，美軍甚至還沒轟炸到這裡來……不過呀，外面的人還沒打過來，當地的人卻出事了。」像是來到了故事的轉折點，陳翊的語調突然變得哀沉，說：「那個時候，台南運河常發生『情死』事件，你們知道情死是什麼嗎？就是年輕男女相約一起跳河殉情，現在這個時代很自由了，你們應該想像不到那種狀況吧！」

關於台南運河情死事件，浩偉之前就耳聞過。台南運河完工後，不分日本人或台灣人，年輕男女相約跳河殉情的事件層出不窮，現在安億橋邊的地藏菩薩亭，據說就是爲了遏止情死的風潮而設立的。

「年輕男女在那個時候想結婚都必須經過父母同意，現在所謂的戀愛自由，在以前是絕對不可能發生的。對那一輩的人來說，不聽從父母的命令，而是到外面找自己喜歡的對象結婚，這種行爲不孝而且有違保守的傳統道德，是會一輩子受到恥笑的。」陳翊緩緩述說著，語調中帶著一種過來人的滄桑。「我父親就是抱持著這樣觀念的人，每當看到我跟女性朋友談笑，就會教訓我，說如果婚姻不聽從爸媽的決定，不管對方的職業跟家庭背景就擅自來往，那跟嫖客有什麼不一樣？」陳翊苦笑著，像是在嘲笑這段話的荒唐，接著嘆了口氣又說：「只不過……那個時候也有陳家的人踏上了追尋自由戀愛的道路，跟愛人一起相約投河殉情了。」

「啊！」旁邊的陳愷似乎聽懂了什麼：「老爸，所以在下面的那些骨頭，是……」父親突然提起情死事件，再加上地下室中的那些屍骨，其中的關聯性已經不難猜想，但陳愷話說到一半，下半段的句子卻卡在喉嚨裡說不出口，或許他也難以接受，自己的家族歷史中竟然還有如此黑暗的一幕。

陳翊沒有搭理陳愷的話，繼續往下說：「剛剛說過，當時日本已經在跟中國打仗了，有很多日本警醫跟軍醫都被徵招去戰場，所以台灣本土醫生開始兼任臨時法醫，而小林醫院就蓋在運河旁邊，大部分情死的屍體都是送到這裡給小林麟一郎處理的，那個時候，我父親向小林麟一郎提出了一個要求。」

在這個關鍵時刻，陳翊突然抬起屁股，把椅子往前挪了一下，與眾人靠得更近，似乎不願意有任何談話外洩的風險。眾人屏住呼吸不敢催促，靜靜等著。把姿勢調整好後，陳翊終於說道：「如果有家屬不願意認屍，或是不承認屍體是他們家人的，我父親請小林麟一郎直接把這些屍體當成無名屍來處理，這算是我們陳家對當地人民的一種『特殊服務』。」

「不對啊，為什麼有人不願意認屍？」綱豪突然舉手問道：「就算是殉情而死的，但至少也是自己的家人吧？那些人怎麼這麼冷血啊？」

綱豪發問的方式既粗魯又直接，陳翊有點不耐地瞄了綱豪一眼，但還是給出了解釋：「那個時代，違背父母命令私自結婚就已經是極為丟臉的一件事了，更不用說殉情了，特別是一些頗有勢力的鄉紳家族，要是家中有人情死的事情傳出去，就會變成地方上的笑柄跟恥辱，他們寧可當作家人失蹤、客死異鄉了，也不願承認他們為情殉死。」

此刻在地下室裡躺著的那五具屍骨，想必就是被當成無名屍處理的死者們了。

「……陳先生，我阿公所做的真的只有這樣嗎？」問話的是君涵，從陳翊開始說話到現在，君涵的視線就一直沒有離開過他，甚至沒有眨過一次眼。君涵會這樣問，是因為她之前所作的，那些被小林麟一郎所持的刀鋒逼近眼前的惡夢太過真實。讓她不禁懷疑，那些夢可能來自於小林麟一郎的警告，又或者，是他想對孫女訴說的罪孽……

「如果只有這樣的話就好了……但是那些家屬以及我的父親，都要求他再提供另一種特殊服務，我想這也是他選擇不再持刀的主要原因。」

君涵的心臟急速跳動，身體連帶開始顫抖，浩偉可以感受得到，其實君涵是懼怕聽到這件事的，但她卻無論如何都一定要知道眞相。

「那些無名屍在放進地下室後，臉部都會被小林麟一郎用手術刀徹底毀容割爛……聽我父親說，這是因爲家屬希望死者就算到了地府也無法跟殉情的對象相認，永遠無法團聚。」

這一瞬間，浩偉彷彿能聽到君涵快速跳動的心臟節奏突然慢了一拍，因爲誰都沒想到，那個時代竟發生過這麼令人不忍的事，而這些事，竟與自己的親人有關。

「小林麟一郎照我父親的話做了，而且做得很好，只是人的道德還是有極限的……在戰爭尾聲，美軍對台灣開始了一連串的大轟炸，小林麟一郎也因此被徵召爲軍醫，到台灣各地協助救治傷患，等他回來之後，就向我父親表明了他想放棄行醫，離開台南另做生意的打算，我父親也答應他了。」

「但是這間醫院卻被留下來了，爲什麼？」浩偉突然問。

「那些無名屍中，有一個正是我們陳家的人。」在陳愷的注視之下，陳翊終於說出隱瞞多年，陳家最不可告人的秘密：「沒有人願意承認這個人的身分，祂可能是我的叔叔姑姑，或是年長我許多的哥哥姊姊，我眞的不知道，我父親絕口不提過去，也不肯告訴我這些屍體裡到底哪一個才是陳家的人。不過他最終還是覺得心裡有愧，想留最後一點尊嚴給這些人，因此吩咐我千萬不能動小林醫院，要讓小林醫院成爲他們長眠的墓地。」

「喂！這種處置方法沒有好到哪去吧？」綱豪忍不住幫躺在地下室的屍骨說話：「人家都跟愛人相約要一起死了，你們還把祂們硬生生拆開，讓祂們躺在地下室裡孤獨，死了也找不到認不得對方，這根本不是尊重，而是折磨吧！」

「我也是這麼想的，但實在無法違背父親的遺願……這麼多年來我一直很煎熬，也才決定不告訴兒子，就讓我一個人抱著這個秘密埋進棺材吧……」陳翊看向君涵，哽咽著說：「祂們會找上妳，應該就是因爲妳是小林麟一郎的孫女吧，我必須要向妳道歉，是我們家族的私慾，害了妳跟妳阿公的……」

陳翊的話在所有人腦海中迴蕩不去，眞相太令人震驚，每個人都在各自消化著，那些零碎的片段也終於在眾人眼前拚出一片完整的歷史拼圖了。

君涵之前所做的夢，應該就是來自小林麟一郎的警告，他不想讓孫女發現自己以前犯過的錯，但過去的死者們還是成功找到君涵了。當她被困在地下室時，祂們並不是在嘲弄她，而是在爲自己感到高興，因爲發生在祂們身上悲慘的故事終於要被揭發了，祂們被消失數十年的名字也終於可以重新取回了。

醫院二樓面對運河的那張床墊，或許是小林麟一郎爲自己鋪的，當他感到良心不安的時候，就到二樓看著閃著波光的河面，想著沉睡在河底的故事與人生，在懺悔中睡去……

終於搞清楚一切後，浩偉感覺得到陳翊是站在父親理念的對立面的，他只是不得不聽從父親的遺願罷了。

「既然你們已經知道所有眞相，這件事可以到此爲止了嗎？」陳翊近乎懇求著說。

「不行，不能這樣就算了。」浩偉站起來，走到陳翊的正前方，陳翊仰頭看著逐漸逼近的浩偉，竟然有些不知所措。

「這間醫院是你的財產，要不要繼續保留我無法表示意見，但是我想請你把地下室的屍骨好好安葬，祂們的故事如果能流傳出去，人們將會視祂們爲追求自由的英雄，而不是消失在歷史中，無聲無名的屍骨。」

旁邊的陳愷也站了起來，附和道：「老爸，我覺得他說的對，我們家族不能再這樣錯下去了。」

陳翊詫異地望向陳愷，這可能是他此生第一次聽見陳愷向他提出建議，同時也終於壓抑不住自己內心多年的掙扎，輕輕點了點頭。

「你們團隊眞的只是負責維護遺跡的嗎？」陳翊抬起頭問浩偉。

「本來是啦，只是最近有些微妙的轉型了。」浩偉偷偷瞄向君涵。

╳　卍　╳

遺跡之下所有人終於又再次於綱豪的廂型車內齊聚，綱豪開心地問浩偉：「我們要不要吃個東西再回去呀？反正現在時間還很多……」

「好了啦，綱豪。」浩偉敲了一下駕駛座的椅背，說：「直接回台中吧，今天已經夠啦。」

「喔……」綱豪有些失望地發動了車子。

廂型車上路後，再也沒人說話，大家都想留給君涵一個沉默的空間。

知道了小林麟一郎藏在醫院的秘密後，君涵的心情就在正與反之間不斷拉扯。阿公以前確實做了無法原諒的事情，但這並無損於他後來重新出發，成爲一位好丈夫、好阿公的事實。但就在君涵想把小林麟一郎和藹的阿公形象留住的時候，年輕的小林麟一郎拿著利刃逼近的畫面也會同時浮現在腦海裡，或許需要一段時間，君涵才能接受這兩個形象都曾經是眞實的存在吧！

陳翊已經答應，會將地下室的遺骨安葬到陳家的墓地，並讓陳愷接手小林醫院的所有權，讓他依自己的想法自由改建，或許能讓小林醫院變成新景點，重新展開生命，讓過去的悲劇從此安葬。

直到廂型車快要抵達台中，浩偉才對君涵開口說道：「阿公的事情已經解決了，妳還會留下來嗎？」

君涵愣住想了一下，終於露出好久不見的微笑說：「之前不是答應過了嗎？當然會呀！」不過這抹微笑很快消失，換成擔憂的表情掛在臉上。「只是……也要看你們能不能接受啦。」君涵含糊地說著，車上的每個人都聽出了她的語意。大家都在想，看來君涵對自己所帶來的事件還是有自知之明的。

這幾次事件瞬間在浩偉、沛柔、思航跟綱豪的腦海中倒帶播放，雖然有好幾個片段都很驚險，但他們從來不曾後悔遭遇這些事情。因爲這些經驗已經超出一般廢墟探險者所能獲得的了，不管其他人把廢墟拍得多美，都比不上這些探險經歷。當然最重要的，還有無可取代的，如同家人般緊密連結的情感。

在無聲的默契中，浩偉說出每個成員的心裡話：

遺跡之下是五個人的團隊，誰都缺一不可啊！

真實存在的遺跡：

台南醫院

故事裡的小林醫院是虛構的，室內格局配置則是參考由台灣著名文人吳新榮先生在台南所開設的佳里醫院。

吳新榮先生於一九三二年九月從日本習醫返台，開設佳里醫院，醫院為一樓半的傳統街屋，屋後另有一片吳新榮先生設計的林園，以及家人的居所小雅園，但佳里醫院原址已於一九六〇年代拆除，現址為服飾店。

Eurasian Publishing Group
圓神出版事業機構
用心與你對話．視野無限寬廣
圓神出版社
Eurasian Press

www.booklife.com.tw reader@mail.eurasian.com.tw

圓神文叢 275

遺跡訪詭錄

作　　者／路邊攤
發 行 人／簡志忠
出 版 者／圓神出版社有限公司
地　　址／台北市南京東路四段50號6樓之1
電　　話／（02）2579-6600・2579-8800・2570-3939
傳　　真／（02）2579-0338・2577-3220・2570-3636
總 編 輯／陳秋月
主　　編／吳靜怡
專案企畫／沈蕙婷
責任編輯／吳靜怡
校　　對／吳靜怡・林振宏
美術編輯／林雅錚
行銷企畫／詹怡慧・朱智琳
印務統籌／劉鳳剛・高榮祥
監　　印／高榮祥
排　　版／莊寶鈴
經 銷 商／叩應股份有限公司
郵撥帳號／ 18707239
法律顧問／圓神出版事業機構法律顧問　蕭雄淋律師
印　　刷／祥峰印刷廠
2020年7月　初版

◎作者經紀所屬：華星娛樂股份有限公司 www.millionstar.net

定價 310 元　ISBN 978-986-133-722-7

最後烙印在他眼裡，準備跟他一起前往另一個世界的並不是家人的身影，而是好幾個穿著洋式西裝跟日式和服，已經在他惡夢中出現過無數次的人形輪廓。

八十年前的惡夢，終於追上來了。

老人沉重的眼皮無助地垂下，僅剩的感官終於也被死神剝奪。他知道，時候眞的到了。

——《遺跡訪詭錄》

國家圖書館出版品預行編目資料

遺跡訪詭錄 / 路邊攤著. -- 初版. -- 臺北市 : 圓神, 2020.07
224 面；14.8×20.8公分 --（圓神文叢；275）

ISBN 978-986-133-722-7（平裝）

863.57 109007015